這個魔頭
有點萌
U0073986
The world's
most lovely
of monster
壹

秋玨
真身 六界聞名喪膽的女魔尊。
分身 浮玉仙尊的愛女．裴萌。
個性 性格火爆、善惡分明。
討厭 裴清、以及毛茸茸的東西。
裴清
真身 浮玉仙尊。
分身 仙界最強大的女兒控。
個性 清冷寡淡。
喜歡 可愛的、萌萌的東西。

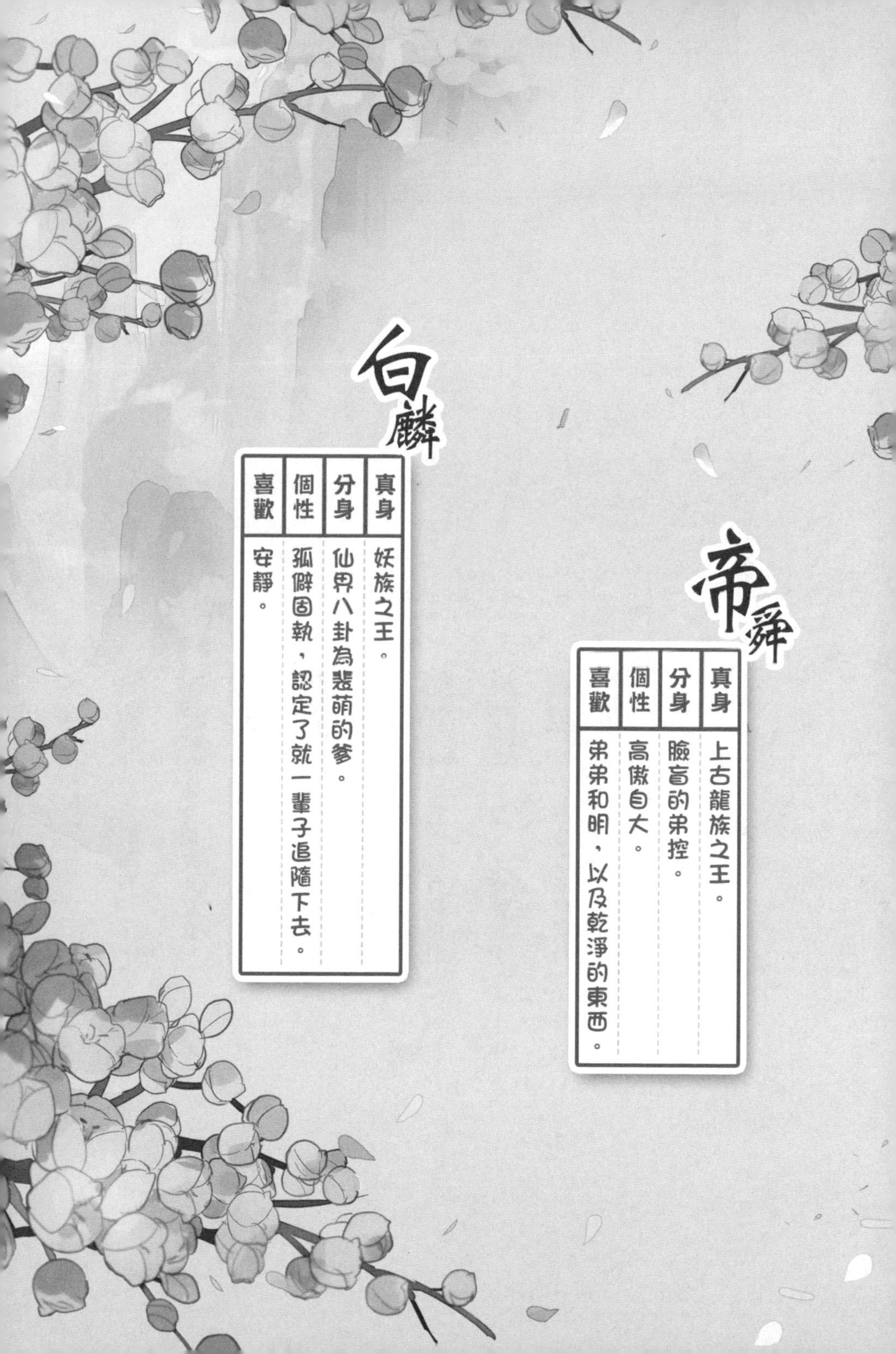

白麟
真身 妖族之王。
分身 仙界八卦為蜚萌的爹。
個性 孤僻固執，認定了就一輩子追隨下去。
喜歡 安靜。
帝舜
真身 上古龍族之王。
分身 臉盲的弟控。
個性 高傲自大。
喜歡 弟弟和明，以及乾淨的東西。

目錄 Contents

楔子
這名仙尊有點怪

摩雲崖有一汪仙池，池水自開天闢地便已形成，至今為止已有萬年。

仙池水永不乾涸，它能讓凡人起死回生，又能令修真者飛昇成仙。

然而就在幾天前，它被破壞了，往日明淨澈底的池水一片混沌，此時正滋滋的往上冒著黑紅色的霧氣。

只見一虎頭虎腦的小童往池水中丟了一塊石子，石子瞬間蒸發，蕩然無存。

「阿蓮，不要胡鬧。」

榮成上仙將幼子往後拉了拉，目光謙遜的望向一邊一直沉默的男子，緩聲道：「裘清仙尊，那魔頭近日越發囂張，我懇請仙尊讓各路上仙前去將之圍剿，若不快快除去這魔頭，怕是後患無窮。」

榮成上仙是掌管摩雲崖的上神，這幾千年裡，仙池在他眼皮子下好生生的，沒想到今天就出事了。

被喚作裘清仙尊的男子靜立在池邊，他五官較為出色，身姿修長挺拔。

「爹爹，魔頭是什麼？」幼童仰頭，清粼粼的眼眸倒映著榮成的眉眼。

榮成眉頭一皺，厲聲道：「你尚且年幼，這些不可多問。」

裘清垂眸，忽然開口問道：「這就是榮成上仙的幼子榮蓮嗎？」

榮成先是一愣，很快作答：「正是小子，阿蓮不懂事，若是冒犯了仙尊……」

裴清自懷間掏出一塊用來修煉的仙石，仙石光澤飽滿，泛著靈氣。他將東西送到了榮蓮手上，「拿去玩。」

說罷，他輕輕摸了摸榮蓮的頭。

「多謝仙尊。」小孩兒不知東西尊貴，別人送的喜歡了，就收下了。他把玩著石頭，精緻的小臉上漾開一抹笑容。

「榮成上仙。」裴清撫了撫衣袖，直視著榮成，「那魔頭是殺星轉世，生來為惡，她十六歲便入了魔道，別人的百年修行都低不過她修煉百天。就算命眾仙前去圍剿，也只會落得個兩敗俱傷。」

「那仙尊的意思是？」

「萬物皆有造化。」裴清的眸光又落到了榮蓮的身上，「這仙池水如今被毀，就是它的造化。」

榮成：「……」

看樣子裴清是不準備管了。榮成心疼的看了一眼池水，雖說這池水是一團死物，可好歹看了這麼些年，感情是有的。

「爹爹，我們能回去了嗎？」

榮成望著小兒子，不禁嘆了口氣，「回吧。」

回去的路上，榮蓮一直把玩著裴清送的那塊仙石，榮成的目光掃過石頭，他突然想到有一則傳言。

傳言裴清仙尊……一直想要個孩子。

裴清是六界道行最高之人，長居浮玉山，執掌仙界大小事務。

裴清生得丰神飄灑，清俊無雙。他喜靜，除非緊要關頭，不然絕不下山！

想起裴清那性子，榮成上仙不由得搖了搖頭：要孩子什麼的……果然是傳言。

「……那孩子可真可愛。」

「師尊說的是榮蓮嗎？」

「嗯。」裴清閉了閉眼，「我若是有個孩子，定比他可愛。」

小徒弟：「……」這話……還是別讓別人聽到的好。

裴清一直想要個孩子，最好是女孩兒。

他的女兒可能會有一頭漆黑柔軟的髮絲，裴清會替她梳理出各種好看的髮髻；她也會有白嫩圓潤的臉蛋，臉蛋上鑲嵌著一雙明亮如玉的雙眸，她會看著他，用稚嫩乾淨的嗓音喚著爹爹。

裴清不由得嘆了口氣。可惜，也只能想想。

第一章 這個魔女有點衰

深夜，當空皓月忽然被密雲所遮，片刻後，傾盆大雨自天而降。

一道閃電撕碎夜空，劈在地上砸出一天坑來，有細碎的火光從中升起，又很快被大雨澆滅。這場暴雨來得快，去得也快，一刻鐘後，雨勢逐漸變小……

疼。

也冷。

秋玨迷迷糊糊的睜開雙眸，額頭上的雨水不斷下滑墜入到她的眼睛，秋玨伸手擦乾淨臉上的雨水，緩緩的從地上爬了起來。

眼前的視線有些模糊，秋玨眨了眨眼，不由得環住了自己的身子。她發現自己倒在一個窄小的坑裡，雨水已漫過了她的小腿肚。

雨還在下，落在身上一片冰冷，這寒氣直入骨髓，秋玨冷得直打哆嗦。

秋玨仰頭看著上面，這坑不算高，只有六尺，一個成年人可以輕輕鬆鬆上去，可問題就是……

她變小了……

她變……小了？

小……了？

嗯？

秋玨低頭看向了自己的身體——小胳膊小腿，圓滾滾的肚子和……平坦坦的胸部。

……這是一個小孩兒的身體。

秋玨瞳孔緊縮，心跳頓時加快，全身的血液開始逆流。

她壓抑住想要尖叫的欲望。

——這誰啊！

——這誰啊！

——這誰啊！

——這熊孩子是誰啊！

秋玨用力捏了捏自己的臉蛋，又用小胖手拍了拍圓滾滾的肚子，不是夢！她變小了！

淡定，冷靜，冷靜，淡定，冷靜。吸氣，呼氣。秋玨閉了閉眼睛。

——妳好歹是一界魔尊，千人敬仰，萬人唾棄。人世間的大風大浪都經歷個遍，還有什麼能嚇到妳？作為一個人見人怕的大魔頭，要時刻保持高冷的風度和無所畏懼的態度，態度很重要！

秋玨刷的睜開眼睛，驚雷打亮了半個天邊，也讓她更清楚的看清了自己的樣子。

小胳膊小腿……

圓滾滾的肚子……

平坦坦的胸部……

她真的變成她最討厭的熊孩子了！

冷靜，深呼吸，莫慌。秋珏強迫自己鎮定下來，細細梳理著之前發生的事情。

她原本是要去參加群魔會。本著日行一惡，路經摩雲崖時隨手破壞了上面的仙池，可飛到半空時，十道驚雷自天而降，她被天雷擊個正著，從空中直直墜落……

然後，就變成了這般模樣。

沒事，不就是變小了嘛，她還有千年修為啊，只要修為在，她就有能恢復的法子。

秋珏有了些許心理安慰，她試著運氣，可她發現……她的修為也沒了……

她回到了築基時期。

天要亡她！

天空驚雷乍響，雨勢逐漸加大，秋珏半截身子泡在泥水裡，雙腿像不是自己的，木木麻麻，再無知覺。身體的溫度緩緩流逝，她冷得脣色鐵青。

這下子真的完了，秋珏很絕望。

人都說禍害遺千年。

秋珏是殺星轉世，生來為惡。秋珏十六歲時被羅剎門門主收為弟子，她天資聰穎，極具慧根，很快便修煉成魔，取代師父成為羅剎門新任門主。再後來，她成了六界聞名喪膽的女

CHAPTER

第一章

魔尊。

六界之內人人懼她，無數上仙將她視作眼中釘、肉中刺，巴不得讓她早死別超生。可神仙越是看她不順眼，她越想找神仙麻煩，平時閒來無事四處搗亂，給他們找點事做，那些上仙拿她無可奈何，能做的只有每天拜拜瘟神。

估計是他們的詛咒奏效，秋珏的好日子到頭了。她變成一個熊孩子，還失了修為……

一想起那些神仙的嘴臉，秋珏又有些不甘心，她要死了，得意的豈不是那些上仙？尤其是那個裴老賊！

秋珏咬牙看向天空。

她不會輕易見閻王！

秋珏用盡身上最後一絲氣力，掙脫泥濘從坑中飛躍而出，結果這下子她徹底沒力氣了，半死不活的趴在地上，身上那過於寬大的長衣溼答答的黏在身上。秋珏緩了一會兒，掙扎起身，褪下了身上的衣服。

雨夜中，她圓圓的身體被雨水沖刷的煞白。

真的好胖。

秋珏拍了拍圓滾滾的小肚子，她不記得自己小時候有這麼胖，師父明明說她瘦得像是閃電，凶起來時甚是陰戾霸氣。如今看來，師父說謊了。

勉強恢復了一點力氣，可手上沒勁，秋玨只能用牙齒將衣服從中撕開，撕到差不多大小時，隨意的將衣服套在了身上。

此時她身處森林，兩邊的樹被風吹得東倒西歪，它們在雨夜中搖曳，張牙舞爪如同食人的猛獸。

忽地，秋玨聽到四周傳來細細的嘶吼，環視一圈，看到無數光點在黑夜中閃爍。

這是狼的眼睛。

狼群緩緩接近，秋玨被包圍其中，又胖又嫩的她無疑成了這些食肉動物的肥美點心。真是落難的鳳凰不如雞，以往這些畜生看都不敢看她一眼，如今竟然膽大包天想吃她？秋玨冷哼一聲，目光銳利，她張嘴，稚嫩的聲音從喉間發出：「滾。」

雖然變她小了，但氣勢還是有的。狼群很快被鎮壓，牠們小心後退著，眼神露出怯意。秋玨一張精緻的小臉上沒有絲毫表情，她望著狼群，眸光微閃，眼神透出些許殺意。頭狼畏懼她的眼神，縮了縮腦袋，嗚咽一聲，帶著狼崽子們灰溜溜的跑回了森林。

肚子很餓，胃中火燒火燎，甚是難受。這種感覺對她來說是非常陌生的，她有幾千年都沒體會過什麼是飢寒交迫，如今都讓她遇到了。

穿過森林應該會有村落。如此想著，秋玨加快了腳下的步伐。

可越往外走，氣息越是不對。她細細的嗅了嗅，隱約嗅到淺淺的血腥氣。

CHAPTER

第一章

精疲力竭之時，秋玨總算抵達了森林外的村莊，可在看到眼前這幕時，她怔住了。

這裡剛經歷過一場殺戮，村民的殘骸遍布，鮮血與雨水混合，空氣中交織著屍體腐壞的腥味與房屋燒焦的氣息。村民都是枉死，他們不甘的亡魂聚集成一團血紅色的煞氣，瀰漫在上空。

秋玨雖是魔頭，卻從不禍亂人間，魔道大多數弟子也不會濫殺無辜，會這樣做的，估計只有妖族了。

妖多是猛獸修煉而成，他們喜愛殺戮，崇尚戰爭，就算有了自己的意識，也難褪去一身獸性。

秋玨搖搖晃晃走在血水中，她從一邊的地上撿起一顆蘋果，絲毫不在意的拭去上面的泥汙，剛要一口咬下，耳邊就傳來了一個少年的驚呼聲。

「師尊，這裡有個孩子！」

秋玨嚇得手一哆嗦，敢情人還沒死全？

她抬眸看去，一名少年顛顛的向她跑來，他一身白色道袍，約莫十二、三歲，五官生得清朗秀氣，甚是好看。

「妳不要怕，到哥哥這裡來……」

他朝她張開雙臂，笑得單純無害。

秋玨……嚇得抱緊了懷中的小蘋果。

眼前這少年一看就是修仙之人，她最討厭的就是這些正派弟子，一個個道貌岸然，其實心腸比誰都壞。

「妳別怕，我不搶妳的小蘋果。」

秋玨小小一團，衣衫襤褸髮絲凌亂，精緻的小臉上一片蒼白，唯有那雙眼睛大而有神。

這個村落的人都被妖殺了，這孩子怕是唯一的倖存者。子旻不由得心疼，向她小心的接近著。

「離我遠點。」秋玨皺了皺眉，甚是嫌棄的瞥了他一眼，「你醜到我了。」

醜……醜到她了？！！

子旻深受打擊，他可是浮玉宮裡的一枝花啊！！所有師兄師弟加起來都沒他好看，可這個小寶寶卻說醜到她了！

「子旻……」

「師尊！」子旻跑回到裴清身邊，「勘察過了，除了那個孩子，村裡再無活口。」

「嗯。」裴清點頭，視線落在了秋玨身上。在看到她的第一眼時，裴清的心臟便被一雙手狠狠抓住了。

她有著長長的、柔軟的髮絲，也有著白嫩圓潤的臉蛋，臉蛋上鑲嵌著一雙明亮如玉的雙

CHAPTER
第一章

眸，雙手抱著蘋果，神態可愛得不像話。
這是……
裴清定定的看著她，不由得伸手撫上了胸口，心跳劇烈，血液逆流。
這是出現在他夢中無數次的女兒的樣子啊！
他心中激動，可面上依舊波瀾不驚。他小心的向她接近。
秋玨也在看他。
男子白衣清塵，若樹臨風，他踏月而來，眸中盛滿星辰。
——這不是……裴老賊嗎？！
秋玨瞬間氣血攻心，白眼一翻，身子軟軟的倒向地面。
一雙手將她接住，意識沉睡間，秋玨隱約聽到一少年聲。
「不愧是師尊，您的一身氣勢將她嚇暈了！」
裴清：「……」
裴清與子旻返回浮玉宮時，路過此地，忽見煞氣沖天，於是他們在此駐足。可沒想到居然撿到了一個小寶寶。
「師尊，這煞氣若是不除，怕會……」
「陰司宗的人正在趕來，我們不必理會。」

「哦。那麼這孩子要如何處置？」子旻問道。他家師尊喜靜，再者浮玉宮不適合養小孩子，帶回去總歸不妥。

裴清雙眸微沉，他蔥白修長的手指輕輕碰了碰秋玨的額頭，有點燙。

「師尊？」

裴清沉寂片刻，道：「這孩子長得和我有幾分相似，也算有緣，不如將她帶回去吧。」

子旻：「……」

——臉好疼哦，說好的不妥呢？！

——師尊您就是看人家可愛，想帶回家自個兒養吧？

子旻在心裡比了一根中指，面上神色不變，「可她一個普通小孩子……」

「這孩子已到了築基期，天資聰慧，若好生培養，定能修道成仙。」

說罷，裴清輕輕的將她抱了起來，秋玨身上的泥濘染髒了他一身白衣，裴清不甚在意，只是將她裹得更緊。

※⊙※⊙※⊙※

浮玉山位於崑崙之南，這裡雲霧縹緲，大江環繞，每風濤四起，勢欲飛動，從浮玉往北

可以望到太湖，往東又可以望到諸毗水。

浮玉宮就佇立在浮玉山之頂。浮玉基業久遠，門中囊括的道法仙術齊全，是所有門派中最好的修仙之地，只不過浮玉宮收人嚴謹，除了其他門派過往推介的弟子和天資過人的修仙者外，一般人很難拜入浮玉宮。

裴清三百年前便坐上了掌門之位，自他登位後，門中的一些老舊規矩統統作廢，只要座下弟子不惹是生非、不惑亂蒼生，隨你去哪裡、隨你做什麼。正因如此，裴清甚得門中弟子擁戴。

裴清直接帶著撿來的女娃兒秋珏去了自己的寢宮蒼梧殿，蒼梧殿是整個浮玉最為幽靜之地，從這裡看出去，能望見綿延的雲層和銀河倒泄的光景。

裴清小心的將秋珏放在自己的床榻上，渡了些許仙氣給她，好維持幼童脆弱的生命。隨後，裴清一張召仙令送到了醫司宗。

醫司宗都是學醫法的上仙，其中大部分都是遊仙，沒事就在六界瞎晃，當裴清的召仙令送過去時，醫司宗的掌門都驚呆了。

「這什麼情況？！」

「裴清仙尊生病了？！」

「裴清仙尊竟然生病了！」

「這可大事不妙啊！」

當下，玄清上仙帶著座下七位首席弟子殺了過去。等趕到蒼梧殿時，卻發現裴清悠悠的坐在一邊品著茶，只見他氣色紅潤，神色安定，看起來並未不妥。

玄清上仙小心翼翼問：「仙尊……病了？」

「我無妨。」裴清起身，「請隨我來。」

醫司宗的人面面相覷，最後跟了上去。

此時躺在榻上的秋玨已恢復了點意識，她半瞇著眼，剛才好像夢到裴老賊了，那真是個可怕的夢……

忽地，她聽到外頭傳來一陣響動，秋玨順著聲音看去，迷迷糊糊間，看到一個身著白色道袍的小蘿蔔頭跨過高高的門檻，向她走來。

他長得白白胖胖，模樣格外討喜。此時小蘿蔔頭正用烏黑的雙眸望著她，那雙眸子裡倒映著秋玨面無表情的小臉。

秋玨不喜小孩兒，想往後退，奈何身上沒有力氣。

小蘿蔔頭又靠近了，雙手趴在床榻邊，眨著眼睛望著她。

秋玨一陣惡寒，不由得輕聲驅逐：「一邊玩去。」

CHAPTER

第一章

「……小師妹。」

「我不是你小師妹。」

小蘿蔔頭抿了抿脣，四肢齊動，費力的爬上了床榻，秋玨見此，如臨大敵。

「你走開，別靠近我。」

「小師妹，妳痛不痛？」像是沒聽到秋玨在說什麼一般，小傢伙嘟嘴在她手上呼了呼。

他的靠近和呼出的熱氣讓秋玨頭皮發麻。

「親親就不痛了～」

在秋玨還沒反應過來的時候，小蘿蔔頭紅潤的小嘴印上了她的臉頰。

「嗝——」秋玨白眼一翻，再次暈了過去。

子玥茫然的歪了歪頭，伸手戳了戳秋玨的小臉，見她沒意識，他後知後覺的紅了眼眶。

恰巧裴清帶醫司進門，子玥仰頭望向裴清，淚眼矇矓，「師尊，我把師妹親暈了，請師尊責罰……」

裴清默不作聲的看了看子玥，又看了看不省人事的秋玨。

子玥是宮裡年紀最小的弟子，當時被下山歷練的大師兄所救，大師兄心軟，見他無家可歸，於是帶了回來。子玥很怕裴清，往日裴清一個眼神就能嚇得他尿褲子。

想必聽說裴清帶回來一個和他差不多大小的孩子，於是興致沖沖過來圍觀小夥伴。奈何她身子虛弱，根本禁不起子玥折騰。

「去找你大師兄。」裴清將子玥從床上抱了下來，伸手輕輕拍了拍他的頭。

子玥抽了抽鼻子，聽話的跑了出去。

子玥走後，眾人的視線落在了床榻上，只見上面蜷著一個圓滾滾的小球。

玄清歪了歪頭，這……這不是個孩子嗎！！

她小小的，安靜的蜷成一團，臉色蒼白，雙唇青紫，裸露的皮膚上布著傷痕，看樣子吃了不少苦。

玄清上仙打了一個咳，「哪……哪裡來的？」

「不是搶的。」

──敢情你還想去搶人家小姑娘？！

「師尊撿來的。」一直跟在後面默不作聲的子旻開口說話了。

玄清上仙更震驚了，裴清……竟然會隨隨便便撿孩子？

裴清，「給她看病。」

「……」早知道是個孩子他就不這樣興師動眾了。玄清上仙指了指自家弟子，「是這樣的，仙尊，醫司宗還有不少事要做，不如我將我的愛徒留下，我就……」

他「先回去了」這四個字還未說出口，裴清的視線便涼涼的落了過來。

「就你。」

「……」

玄清上仙在未修道成仙時，也是凡間的神醫，手上所醫治的都是王侯貴族，要不就是別的大夫無法看好的疑難雜症，可現在……讓他去照顧一個奶娃娃？

玄清心裡不樂意，可也不好拂了裴清的面子，悠悠嘆了一口氣，開始替秋玨醫治。

「等一下。」

就在此時，裴清掏出一張帕子搭在了秋玨的手腕上，他垂眸，神色未變，「可以了。」

玄清：「……」

「你小心點，別弄疼她。」裴清柔聲道。

「……」

——到底要不要看了？裴清仙尊你很不對勁，你這是被奪舍了吧？！

——心好累，以後一輩子都不想來裴清這裡了。

「怎麼樣？」

玄清瞥他一眼，「無妨，你命仙婢去我那裡拿幾帖藥，喝了就又活蹦亂跳了。」

「那便好。」裴清鬆了一口氣，臉上綻放出一抹清淺的笑。

他生得清俊貌美，奈何不常展露感情，這一笑，越發光華奪目。

玄清心裡一哆嗦，不禁看向了昏睡不醒的秋玨，怎麼感覺……哪裡怪怪的？

送別了玄清，又命仙婢給女娃換了一身衣裳，裴清這才細細的打量起她。

收拾一番後，她的臉色不像剛才那般慘白了，圓圓的小臉看起來甚是乖巧，討人喜歡。裴清不禁伸手在她臉上戳了戳，那軟綿綿的觸感讓他一陣心喜。

裴清這麼喜歡她是有原因的。

他打小就喜歡小孩子，奈何小孩子都怕他。成仙前，小到剛出生的嬰兒，大至會喊爹娘的幼童，每每見他都啼哭不已；成仙後，這種現象有所緩解，可是大部分仙家的孩子仍然懼他，這讓裴清很是苦惱。

於是裴清不由得腦補自己孩子的模樣，長得胖胖的，和他有幾分相似，活潑可愛，還不哭鬧。

大概是自己的求女之心感動了觀音，今天就讓他撿到了夢中的女兒，她的模樣是他心目中的樣子，性格應該也是一樣的！

此時，秋玨已經轉醒了，身子雖然疲乏，可沒有了先前的無力感。

她眨了眨眼，一轉頭就對上了裴清的臉。秋玨呼吸一窒，之前的……不是夢！她真的遇到裴老賊了！

都說正邪不兩立，秋玨和裴清便是如此。若要追溯淵源，還要從上一世開始說，原因繁複，不談也罷。總之一句話，裴清看她不順眼，她也想早點弄死裴清。

可現在是個什麼情況？

變小就算了，竟然還被裴老賊帶了回來？看這房間布景，顯然是裴清所住的蒼梧殿。

秋玨心思百轉千回，其實被他帶回來也未必是件壞事，眾所周知浮玉宮奇珍異寶頗多，道法齊全，若她留在這裡，說不定能找到恢復的法子，只不過得每天面對著裴清，不太開心就是了……

想了想，秋玨從床上爬了起來。雖說外表是蘿莉，但內心好歹是一活了多年的老怪物，她實在做不了賣萌這舉動。

「是你救了我嗎？」她瞪著一雙黑琉璃般的眼眸，聲音又軟又糯。

裴清被這樣一雙眼睛看著，覺得心都要化了。

他盯了她許久，輕輕點頭，然後問道：「妳叫什麼？」

秋玨這個名字是不能說的。她想了想，道：「……我沒名字，也沒爹娘。」

果然是上天賜給他的啊！謝謝觀世音菩薩！

裴清長睫輕顫，說：「那我幫妳取一個吧。」

「……好。」

「萌，草木初生之芽，以後裴萌就是妳的名字了。」

秋玨：「……？」萌你奶奶個腿，信不信跳起來打你膝蓋！

「嗯，好聽。」裴清默唸了幾遍她的名字，忍不住伸手碰了碰她的鼻子。

——好聽你奶奶個腿！

秋玨再也忍不住，張口就咬上了裴清的手指。

裴清一怔，神色未變。他用另一隻手摸了摸秋玨的小腦袋，甚是開心道：「活潑好動，不錯。」

秋玨：「……」這人神經病吧？！

※⊙※⊙※⊙※

休養幾日後，秋玨的身體徹底好了。

這日裴清送來了幾身衣裳給她，衣裳均是鮮豔明麗的嫩粉色，刺在上面的繡花也是討喜的桃花。

「穿上試試。」

裴清將衣服放到她床邊，秋玨瞥了一眼，面露嫌棄道：「我不要穿這個。」那粉色簡直辣眼睛。

「為何？」裴清不解，明明粉嘟嘟的很可愛。萌萌穿上一定萌到沒邊了！

「我要黑色的。」

裴清聽後皺了皺眉，聽聞小孩子喜歡扮成熟，比如學大人說話，比如喜歡穿一些深色的衣服來彰顯自己的成熟。沒想到萌萌也到了這種地步啊，還真是可愛。

裴清嘆了一口氣，道：「好，我重新給妳做一身黑色的。」

秋玨瞪大眼睛，不可思議的看著裴清，「這……這都是你做的？」

裴清輕抿薄唇，白皙的耳垂微微泛紅，聲音一如既往的清冷，「閒來無事罷了。」

秋玨：「……」

——這是有多閒，才這麼細心的做了這麼多套衣裳啊？真沒看出來，心思險惡的裴老賊竟然有這麼賢慧的一面。等我以後恢復了身分，定要拿這件事好好羞辱他一番！

「妳先穿這套，黑色的很快給妳做好。」

說著，裴清的手向她伸來。

「你幹嘛？」秋玨回神，雙手扯緊腰帶，看裴清的眼神透著詭異。

裴清歪了歪頭，「換衣服。」

秋玨呼吸一窒，臉上染了紅暈，「不……不用你換。」

「妳手受傷了。」

受傷？秋玨抬手看了看，只見中指上有一道很小很小的傷痕。

「……」

這要是算受傷，那她吐口血，是不是就見閻王了？

裴清多半有病，還病得不輕。

「何況爹爹給自己孩子換衣裳是應該的。」

——爹爹？

——孩子？

——誰是爹？

——誰是孩子？

裴清伸手摸了摸一臉呆滯的秋玨，清冷的聲音含著些許柔和：「叫爹爹。」

「滾。」

裴清並未生氣，反而一臉欣慰的看著她，以往那些小孩子看都不敢看他一眼，更別提對他出言不遜了。由此可見，萌萌真是天賜給他的寶貝，活潑好動不說，還懂得忤逆他。

「乖。」裴清心情大好，不由得低頭用下巴蹭了蹭秋玨的小臉蛋。

秋玨嫌棄的將裴清推開，「你快點走，我要換衣服了。」

「妳要喚我爹爹。」

「我沒爹，你不是我爹！」

「我救了妳，我就是妳爹。」

呸！她要是叫了裴清爹，那可真是認賊作父了。

奈何她現在小小一團，裴清放個屁都能滅了她。但其實想想，自己留在裴清身邊未嘗是件壞事，一來方便她找恢復的法子，二來裴清宛如一個傻子般的對她毫無心防，若是讓她找到機會，說不定就能輕輕鬆鬆弄死他了。

嘿嘿，想想還有些小激動啊！

「這個我要考慮考慮，我不能隨隨便便認你當爹。」秋玨仰頭，小臉粉紅，雙眸比瑤池水還要澄澈乾淨。

裴清的心再次被她的小眼神擊中了。

「好。」寵溺的捏了捏秋玨圓乎乎的臉蛋，「妳說什麼便是什麼。」

待裴清一走，秋玨衝他離開的背影吐了吐舌頭，隨後狠狠蹭了蹭被捏過的臉頰。

周圍靜了，可以安心修煉了。秋玨盤腿而坐，雙眸緊閉，令體內微弱的靈氣周遊全身經絡。奈何現在體質虛弱，根基不穩，剛入定沒多久就感覺疲乏，若是操之過急怕會引起反效果，秋玨趕緊停下，準備下床找些吃的。

這幾日她吃的都是仙草瓜果之類的，甚是無味。也不知道這浮玉宮有什麼葷腥，好解解她的饞……

秋玨撫著肚子，一恍神就瞥到樹下坐了一個小胖子。秋玨瞇了瞇眼，這小胖子好像叫子玥，那日還親了她一口。

秋玨靈光一閃，她清了清嗓子，踱步上前，「小崽子。」

子玥未動，繼續翻動著手上的書卷。

「小崽子，叫你呢。」

這下有動靜了，子玥動了動耳朵，仰頭看向她，然後先是一愣，回神後，眉間沾染上喜色，「小師妹～」

「我不是你小師妹。」秋玨上前，在他身前蹲下，「你在幹嘛呢？」

「讀書。」他道，「小師妹身子好些了嗎？妳那日暈倒，我甚是掛念。」

小胖子說起話來一板一眼，十分憨態可掬。

「是這樣的。」四下無人，秋玨湊了上前，「我餓了。」

子玥眨了眨眼睛，小胖手從懷間掏出一包蜜餞來，「這是大師兄偷偷帶給我的，師妹妳吃，別讓師尊發現了。」

她才不愛吃甜的呢。

秋玨撇了撇嘴，「我不吃這個。」

「那妳要吃什麼？」

「你去幫我偷隻雞，我們吃雞！」雞肉啊，想想就鮮得流口水。

子玥歪了歪頭，純淨的雙眸映著她的小臉，「吃……什麼？」

「雞……」秋玨猛然意識到了什麼，這修仙之人……好像不吃肉。

她伸手扶額，有些無力，「算了，不吃雞了。」

——師妹好像有些不開心……

子玥皺著眉，這是好不容易才得到的小師妹，他可不能讓小師妹感到不開心。聽說女孩子喜歡可愛的東西，說不定師妹看到可愛的東西就開心了呢。

至於那可愛的東西……

子玥似是想起什麼般，眼睛亮了亮，小手拍了拍秋玨的頭，「師妹妳等著，等我給妳取個寶貝來。」

沒一會兒子玥就回來了，在回來時，他臉上掛著一抹笑，懷裡鼓鼓囊囊的，不知塞了一團什麼。

秋玨皺眉，看向了他懷間，子玥上前，將懷裡的東西掏了出來。

「師妹，給妳玩，可愛吧？」

再看到那玩意時，秋玨瞳孔緊縮，當下汗毛倒立。

小東西約莫一隻成年貓的大小，像狸，身披鬣毛，拖著一條長長的雪白尾巴，一雙眼圓而亮，身上的毛鬆軟而富有光澤……

牠在看到秋玨後，嘴裡發出一陣輕輕的如同貓的嗚咽聲，接著晃了晃尾巴，想要跳到她身上去。

秋玨連連後退，「你別過來！！」她幾乎吼破了嗓子。

秋玨天不怕地不怕，就怕這種毛茸茸的東西，比如貓，比如兔子，再比如眼前這玩意，每每看到都會腳底心寒，恐懼至極。

子玥抱著腓腓，有些不解，「師妹不喜歡嗎？」

「你給我把牠拿走！拿走！」

「……可是很可愛啊。」子玥抱著腓腓上前幾步，「妳看，超級可愛！」

「一點都不可愛！」再次對上腓腓的眼神時，秋玨全身的雞皮疙瘩都起來了，手腳並用爬上一邊的大樹，驚懼喊道：「你要是再不拿走，我就弄死這個小畜生！」

「啾咪？」腓腓歪頭，眨巴眨巴眼睛，神態困惑。

子玥咬著下脣，有些無措。

「子玥……」

就在此時，身後傳來了裴清的聲音。

子玥身子一僵，雙手一鬆，腓腓落了下去。在快掉到地面之時，腓腓打了一個滾，穩穩落地。

嗅到了主人的氣息，腓腓搖搖晃晃，開開心心的撲到了裴清懷裡。

「師……師尊。」

男子身姿頎長，丰神飄灑，他修長的手輕撫著腓腓蓬鬆柔軟的皮毛。

裴清抬眸，眸中一片清冷之色。子玥呼吸一窒，眼眶瞬間紅了。

看弟子這般模樣，裴清不禁有些無奈，輕輕嘆了一口氣，又將眸光移到了一旁的秋玨身上，秋玨趴在樹上，像個胖竹筒。

——真活潑好動。

裴清有些開心。

他勾了勾脣，聲線輕柔，「看樣子是好全了，都會上樹了。」

「你把那個拿走。」秋玨警惕的看著裴清懷間的腓腓，「你快拿走。」

——嗯？

裴清垂眸，對上了腓腓無辜的眼神。他瞬間了然：敢情萌萌害怕腓腓啊。萌萌果真和外面那些愛哭愛鬧的小寶寶不一樣，其他寶寶每次看到腓腓，都喜歡的不撒手，實屬苦惱。可只有他們家萌萌害怕腓腓。

「去吧。」裴清手一送，讓腓腓獨自離開。

等腓腓走了，秋玨徹底鬆了一口氣。

就在她要下去時，裴清忽地飛躍到她身前，大手一勾，將她攬在了懷裡。秋玨微怔，小胖胳膊不自覺的摟住了他的脖子。裴清緊摟著她，穩穩落到地面。

裴清拭去秋玨額間的汗水，自懷裡掏出一塊蜜糖，趁其不備塞到了她嘴裡。

「甜嗎？」他說，聲音帶著笑意。

——師尊好溫柔。

——師妹好可愛。

——明明都是小胖子，可待遇怎麼差這麼多？

一直充當背景的子玥有些小委屈。

然而就在這時，秋玨面無表情的將蜜糖連帶著口水都吐在了他身上。

「甜得好噁心……」

「……」

秋玨乾嘔一聲，吐著舌頭好驅散口腔裡甜膩的味道。

這就有點尷尬了。

「還有，我不喜歡那個寵物。有牠沒我，有我沒牠，你想想你到底要養誰。」

聽後，裴清摟著她的手瞬間僵住，就連眸光都黯然下去。

好不容易撿來的姑娘不讓他養寵物寶寶，這讓裴清很苦惱。

都說每個男人心裡住了一隻小仙女，裴清亦是如此。他對長相可愛的東西沒有絲毫抵抗力，第一眼見到腓腓，就被那小東西的小眼神萌住了。

腓腓是上古神獸，和牠的那些前輩相比，腓腓沒有絲毫的攻擊力，更沒有白虎、玄武的威武霸氣，可是——

牠萌啊！

牠可愛啊！

牠毛茸茸啊！

當時裴清孤身一人閒得慌，於是養了腓腓，至今為止已有百年之久。裴清雖外表淡漠，可內在是個重感情的人，養了這麼久的寶寶說送人就送人，怎會讓人不心疼。

可要是不送走腓腓，萌萌就不讓他當爹了。

想到這裡，裴清的雙眉緊緊的蹙了起來，他想養腓腓，也想養萌萌……

就在此時，身旁的玄光鏡叮叮的響了起來。裴清緩緩睜開雙眸，將視線投落到一旁的玄光鏡上。

玄光鏡是仙界較為常見的法寶，各路上仙不能隨時相見，於是就用玄光鏡傳遞消息，比如哪裡發生了禍亂，比如哪裡有妖跑了出來，比如秋玨女魔頭又禍亂四方了，離得近的上仙得想辦法去阻止。

可是隨著時間的推移，玄光鏡的用法被改變了，現在變成了——

【本座正在西方神界遊歷，羨慕吧？】

【兒子到了練氣中期，可喜可賀。】

【觀裡有一用來修煉的青冥鏡，要的用通天玉換。】

【神仙看了會沉默，凡人看了會流淚……】

【風麒山發生了這等大事？！爾等上仙還能坐得住嗎？】

……等等等等的亂七八糟事。後來有人給玄天鏡換了名字，喚為「仙友圈」。

除了看看有沒有重要事務外，裴清很少用玄天鏡，太吵，不喜歡；有些上仙時不時炫自己的孩子，不喜歡。可此刻，望著玄光鏡的裴清心中頓生了一個妙計。

【浮玉仙尊：女兒不讓養神寵，各位上仙可有解決的法子？】

正在刷仙友圈的上仙、遊仙、散仙在看到這條消息時，頓時懵了。

他們先看了看內容，又細細的看了看那個名字，沒錯，的確是惜字如金、高冷淡漠的裴清仙尊。

——裴清仙尊發仙友圈了！

——不對，裴清仙尊有女兒了？！

——裴清仙尊竟然有女兒了！

【韓雁上仙：恕我直言，仙尊……您……可有婚配？】

【司幽上仙：女兒是仙尊……自己生的？】

【常羲上仙：仙尊您是女的？】

【天虞仙子：裴清仙尊，您竟然……是女子之身？】

【帝舜神君：何必那麼麻煩，浮玉山廣闊無垠，還藏不了一個腓腓？】

【帝舜神君：…………】

【帝舜神君：孩子哪來的？】

對哦，他可以偷偷的養，不讓萌萌發現便好。帝舜這條龍雖然惹人煩，可此刻卻給出了解決方法，記他一功。

解決了心頭大患，裴清徹底的放鬆下來，能安然入定修煉了。

※⊙※⊙※⊙※

也不知道裴老賊把那個小畜生送走沒，回想腓腓那一身軟毛，秋玨不禁打了一個寒顫。在屋裡待著無聊了，秋玨準備出去走走。

蒼梧殿清幽，這裡永遠無法迎來日光，唯有玄空上的皓月清冷。

秋玨剛出門，一隻鵝蛋大小的蜘蛛從空中落下掉在了她頭頂。

秋玨一把抓下蜘蛛，仰頭看去，只見一隻神雀鳥在她上空盤旋。神雀鳥是仙界常見的飛禽，牠以黑蛛果腹、神泉水解渴，很是挑食。

眼前這隻神雀鳥像是尚未成年，爪子沒力氣，結果一不小心丟了食物。

秋玨低頭看著黑蛛，這隻黑蛛比她的手掌來得大，此時正在她手心上掙扎著。

神雀鳥低鳴一聲，看要回食物無望，只能拍打著翅膀失望離開。

秋玨對著黑蛛出神，在她的記憶裡，裴老賊很是怕蛇、蜘蛛這種東西。裴清現在正在修煉，如果這個時候過去，將黑蛛扔在他身上……

正在修煉的裴清一定會嚇到走火入魔！

到時候被人發現是她丟的也沒事，誰讓她是個小孩子，不懂事呢。

嘿嘿，想想還有些小激動呢！

秋玨粉雕玉琢的小臉上漾開一抹笑，她迫不及待的抓著蜘蛛，蹦蹦跳跳的衝到了裴清修煉的靜室中。

秋玨小心翼翼的推開靜室的房門，手上的黑蛛不老實的動著，長滿倒刺的腿蹭得她掌心微癢，秋玨煩了，手上的力氣加大，準備捏暈黑蛛。被這麼一掐，黑蛛果然老實了。

小孩子走路很輕，再加上地面鋪著毛絨墊子，所以秋玨並不擔心裴清發現她。

一進門，秋玨就看到了裴清。裴清坐在正中間，周身氣質清靜，垂下的雙睫纖長而又濃密。他很認真的在修煉著。

不管是修魔還是修仙，都有一大忌，那就是不能被人驚擾。在修煉時，靈氣會在全身經脈、血液中遊走，若是此時驚擾了對方，導致靈氣四散，胡亂竄動，輕則經脈受損，失去修為；重則走火入魔，傷及性命。

裴清要是死了，她就賺了；若是變成凡人，她也不賠。

想著，秋玨越發激動。

第二章 這個坑有點大

秋玨握緊手上的蜘蛛，目光如炬。在她準備將蜘蛛拋到裴清身上並大吼一嗓子的時候，一個毛茸茸的東西不知從哪鑽了出來，準確無誤的跳在了她身上。

「……」

「？」

「！」

「啾咪。」

腓腓伸出舌頭，在她臉上一舔。

「嗝。」

臉上黏答答，身上毛茸茸，毛茸茸……

秋玨腿一軟，臉一變，因為太害怕，眼角不自覺的流出了一行眼淚。

裴清已經入定結束了，待氣沉丹田，元神歸位後，緩緩的睜開了雙眸……

「萌萌？」

映入眼簾的，可不就是淚眼汪汪的他家姑娘嗎？

不過為何淚眼汪汪？

裴清視線一轉，再看到腓腓時瞬間明瞭——他家萌萌被腓腓嚇到了。

「腓腓，過來。」裴清聲線清冷，氣勢懾人，眼神極具壓迫。

腓腓從未見過這樣的主人，當下尾巴就耷拉了。牠委屈的抖抖耳朵，從秋玨身上跳下。

「啾咪……」腓腓過來蹭了蹭裴清手背，有些討好的意味。

裴清神色未變，「出去。」

腓腓心裡委屈，可也不好忤逆主人，夾著尾巴一步三回頭，小眼神甚是可憐，奈何主人看都不看牠一眼。腓腓頓覺難過，小跑著從門縫鑽了出去，牠要去找大師兄訴苦。

「萌萌乖，爹爹教訓腓腓了，牠再也不敢嚇妳了。」

裴清上前，伸手掏出帕子擦拭著秋玨小臉上的淚水，隨後將她抱了起來，大手輕輕拍打著她的後背，柔聲安撫著。

秋玨已經嚇到懵，手上的蜘蛛也被捏到變形。

「這……這個……」

——就算……就算不能嚇得他經脈斷裂、走火入魔，也要嚇得他尖叫出聲啊，不然這波就虧了！

裴清垂眸，秋玨手掌上全身漆黑的蜘蛛和她白皙的小手形成了鮮明的對比。

未得道成仙時，裴清很不喜歡這種腿多的生物，成仙後也不是很喜歡，單純覺得噁心。可此刻……他卻覺得那八條腿的蜘蛛那麼可愛。

「給我的？」

秋玨抽了抽鼻子，說不出話來，只是將蜘蛛往他臉上湊了湊。

——真的是給他的……

裴清心裡五味雜陳，更多的是激動和感動。他不得小孩子喜歡，就連座下的弟子都對他中規中矩，小弟子越發畏懼他，更別提送什麼禮物、分享他們的喜悅了。可此刻，萌萌卻想著帶著她的小寵物來找他玩。

她真的不怕他，更不怕打擾他。

「真可愛。」裴清小心接過奄奄一息的黑蛛，慢慢的將蜘蛛放在自己肩上，衝秋玨展顏一笑，「謝謝萌萌。」

說罷，微涼的唇印在了她額頭上。

秋玨愣怔。

——什麼鬼啦！幹嘛謝謝我！幹嘛親親我！

——裴清不是害怕這種東西嗎？不是應該尖叫著將蜘蛛丟在地上嗎？這根本和說好的不一樣！

「小傢伙有些虛弱，我們給牠餵點水。」

裴清明白了，萌萌不喜歡腓腓，卻喜歡這種寵物，既然她喜歡，那麼就養著。可這小蜘蛛不知道經歷了什麼，整個蛛都沒什麼生命力，還好被萌萌救了，如若這隻小蜘蛛死了，萌萌該多難過……

裴清雙手托著黑蛛，將牠小心翼翼的放在桌上，隨後用手指沾著水，一滴一滴往黑蛛嘴裡送著。

餵了水，黑蛛能動了。

裴清重新將黑蛛放在秋玨手上，說：「牠醒了。」

秋玨：「……」

裴清摸了摸她的頭，「萌萌想養就養。」

秋玨低頭看了看蜘蛛，又看了看裴清，嘴唇蠕動：「他們說……你不喜歡蜘蛛。」

裴清一愣，轉而笑了，「妳若喜歡，我便也喜歡。」

月色破窗而入，他的身姿是她記憶中的清冷模樣。

裴清伸手逗弄著蜘蛛，垂著眸，脣邊含笑。

秋玨鼓著腮幫，有些氣悶。

「那我不喜歡牠了，給你！」將蜘蛛丟在裴清身上，秋玨邁著小短腿離開。

裴清愣怔的望著她離開的背影，心想：小孩子都這麼喜怒無常嗎？還是說只有他們家萌萌是這樣？好累啊，看樣子養孩子不是一個輕鬆的活。

蜘蛛在手上爬啊爬，裴清皺著眉，這種腿多的生物果然很噁心。踱步到窗前，他一把將蜘蛛丟出窗外，空中傳來一鳥啼聲，一隻神雀鳥俯衝上前張嘴叼住了蜘蛛……

黑蛛：蛛生無戀。

裴清沒有育兒經驗，蜘蛛事件讓他明白自己離一個合格的爹還差很遠，他很憂愁。除此之外，今天還要將腓腓藏起來，免得再把萌萌嚇到。

寶寶喜怒無常怎麼辦？寶寶排斥他不和他親近怎麼辦？

可是藏在哪裡呢？藏在浮玉宮，絕對會讓萌萌撞見；可藏在山外，他又有些不放心。

裴清思來想去，最終決定將腓腓藏在浮玉後山的密月林中，密月林是時間滯留之地，那裡無法迎接日升，更看不到日落，在密月林，空氣都是滯留不動的。古往今來，密月林一直是浮玉弟子無法踏足的地方，雖然那地方會對修仙人造成危害，但對腓腓這種上古神獸來說卻是最好的修煉和玩鬧之地。

腓腓並不知主人的心思，此時正窩在裴清懷裡，粉嫩嫩的舌頭一個勁的舔著他的食指，裴清捏住牠的嘴巴，腓腓開始掙扎嗚咽。

——真可愛。

裴清心中不捨，可一想到萌萌，只能狠下了心。

到達密月林，裴清破了結界。林中，幽深的黑暗無邊無際，站在林外，似乎還能聽到猛獸的嘶吼。

裴清緩緩走了進去，林中的野獸已好久沒見到活人，一嗅到生人氣息，瘋了般的向外湧來。裴清一個眼神掃去，最先撲來的猛獸身子一僵，倒在地上失去了生氣。裴清斂起視線，找了一邊空洞之地，將懷裡的腓腓放下。

「去吧。」

腓腓喜歡這裡，搖頭晃腦的在地上瞎撲騰著。

太黑了，裴清怕腓腓害怕，便掐了一個咒，喚來了萬千螢火。螢火的光驅散黑暗，林中一片光怪陸離，奇花異卉。腓腓撲騰著螢火，開心得不成樣子。

裴清眸光微閃，嘆了一口氣，轉身離開。正在玩鬧的腓腓驟然覺得不對，牠轉頭，溼漉漉的眼睛望著他逐漸遠去的背影……

腓腓有些茫然，隨後像是意識到什麼一樣，嗚咽一聲撲了過去，爪子緊緊扒住了裴清的衣袍。

「我會經常來看你。」

「啾咪……」腓腓一個勁的蹭著他，委屈的像是要哭。

「乖。」裴清彎腰將腓腓抱起，薄唇碰了碰牠的耳朵，「聽話。」

著他的背影。

「啾咪……」

裴清將腓腓放下，拍了拍牠的腦袋，轉身離開。腓腓搖晃著尾巴，眸光戀戀不捨的追尋

腓腓送走後，裴清心裡空了一大片。他掐了一個咒，向仙錄閣飛去。

仙錄閣類似於凡間的書肆，那裡囊括著仙界萬年來的歷史和各種咒法仙書。到達仙錄閣後，裴清一眼就看到了藏在角落裡的《育兒寶典》、《仙界奶爸的自我養成》、《人間奶爸是如何養孩子的？》等多種多樣的育兒心經。

裴清見四下無人，抽出一本隨意翻了翻，隨後一股腦將那些書全塞到了自個兒的空間戒指裡。

「浮玉仙尊？」

來者正是仙錄閣的收錄君。收錄君詫異的看他一眼，趕忙作了一揖，「不知裴清仙尊大駕光臨，有失遠迎……」

裴清端著架子，神色清冷，道：「無妨。」

「裴清仙尊可是找什麼仙書？」

裴清眸光微閃，說：「《天山錄》，已經找到了。」

「是嗎……」收錄君喃喃，眸光落在了裴清手上，語氣略顯猶豫的說道：「仙尊，您手上那本……忘記收起了。」

裴清低頭，只見那本《育兒寶典》正好端端的被他拿在手裡，剛收納的時候……忘記這本了。

這就有點尷尬了。

可裴清神色未變，假裝什麼都沒發生過一樣的將書收在了戒指裡，「《天山錄》我先拿走了，告辭。」

收錄君：「……」

從未見過如此厚顏無恥之仙尊，實屬大開眼界。

※⊙※⊙※⊙※

裴清回到蒼梧殿，剛進門就看到小團子在門口用法力挖著什麼。她剛到築基期，靈氣小得可憐。此時小團子雙眸認真，肥嘟嘟的臉上通紅一片。

——好……好可愛。

——好想抱在懷裡揉揉……

裴清上前幾步，這下看清她在幹嘛了——挖坑。

萌萌竟然在用仙法挖坑！

裴清想要打招呼，可忽然想到了《育兒心經》裡的一段話：有時候，當家長的要向自己的孩子示弱、賣萌，這能讓孩子更加信任親近與你。

——示弱……

裴清一輩子都沒示弱過，這真是一個技術活。

——賣萌的話……可以試試看。

想著，裴清故意跌倒在了地上，面無表情朝秋玨輕哼一聲，語氣毫無波動：「啊呀，我摔倒了，要萌萌親親才能起來……」

這招是從榮蓮那孩子身上學的，那天他看到榮蓮就是這樣在他娘面前跌倒的。

正專心致志挖坑的秋玨手一哆嗦，一轉頭對上了裴清清冷俊美的臉頰。此時他看著她，雙眸中無波無瀾。

秋玨：「……」

「萌萌，親我。」

「……你在幹嘛？」

裴清說：「摔倒了。」

——怎麼沒摔死你？

秋玨翻了一個白眼，看樣子自己這坑又白挖了，原本想趁其不備，等裴清進來時將他推進去，就算摔不死他，也要讓他狼狽，結果白浪費了力氣。

——不過，做個陷阱也不錯，萬一有瞎眼的傻蛋掉進來呢？比如子玥那個小傻子，嘿嘿嘿……

「萌萌，地上好涼。」

秋玨瞥了裴清一眼，越發覺得裴清像是地主的痴傻兒子。

她有些弄不明白，裴清是不是修煉修傻了，怎麼整個人都不對勁了？她現在只求自己快點變回去，不然和這個傻子待在一起，早晚也變傻！

秋玨邁著小短腿，向裴清接近著。

裴清眼眸一亮，激動萬分：萌萌要來親親他了，萌萌終於要來親親他了！書上說的果然有道理，看樣子以後要多賣萌才行。

裴清看著秋玨的眼神中寫滿期待。

秋玨垂眸，白淨的小臉上一片淡然，哼笑一聲，抬腳狠狠踩在了他臉上。

「啊呀，腳滑了。」這廝竟妄想自己會親他，真是長得醜，想得美，賊人多作怪！

望著裴清臉上那個小小的腳印，秋玨心中甚是得意，裂開了一個大大的笑容，轉身就要離開。

可她剛邁開腿，腳踝就被他一把拉住了。男人的手掌大而寬厚，秋玨心裡一個咯登：裴清不會要砍了她蹄子吧？

裴清眼瞼垂下，濃密纖長的雙睫在白皙的臉頰上投落出兩邊小小的陰影。他抿脣，緩緩說道：「鞋子破了。」

秋玨低頭一看，的確是破了一個洞。

裴清掐了一個咒，破洞的鞋子立刻完好無損，他滿意一笑，「好了。」

秋玨很感動，然後又給了他一腳。

——裴清果然有病！

秋玨轉頭離開，然而得意忘形的她忘記了剛挖的坑，一不留神一腳踩空，身體掉進了坑裡。裴清就這樣眼睜睜的看著他閨女消失不見……

「撲通——」

秋玨的臉和地面來了個親密接觸，這坑雖然不深，可還是疼啊！

秋玨緩緩從地上爬起來，伸手拍去身上的土，又用袖子擦了擦臉，結果擦出了一袖子的血，是從鼻子裡面出來的。

秋玨好氣。自從來到這裡，她就沒過上一天好日子！

回神的裴清趕忙將她從坑裡帶了出來，雖然她的小模樣有些可憐，可……他還是很想笑啊怎麼辦？

「親親就不疼了。」裴清在她臉上親了一口。

秋玨更氣了，一爪子拍了過去，怒吼道：「我不要理你了！」

裴清說：「下次不要隨地挖坑了。」

「都是你的錯！」裴老賊簡直就是瘟神！她討厭裴清一輩子！

「嗯，是我的錯。」裴清擦拭著秋玨臉上的痕跡，又用回春術醫好了她的鼻子。

秋玨……更生氣了。

裴清抱著秋玨，想到書上說的，親子間要多做一些親密互動來加深彼此關係，比如一起吃飯、一起沐浴、一起睡覺。

如今萌萌生氣了，是做這些事的大好時機啊！

如今兩個人身上髒兮兮的，剛好可以一起沐浴……

打定主意，裴清抱著她踱步到碧清池。

秋玨望著那波光粼粼的池水，心中驟然湧出不好的預感。

「你要幹嘛？」

「沐浴。」

秋玨呼吸一窒，在他懷裡掙扎起來，「我不我不我不，你放我下來！」

「聽話。」裴清拍了拍她的屁股，眉眼認真，「小孩子不沐浴，會生蟲子的。」

還真當她是三歲小孩啊？！

碧清池畔，裴清褪去了外衫，又解開了裡襯，接著鬆開髮冠，三千墨髮傾瀉而下。男子面如冠玉，清冷出塵，他白皙的身體融入氤氳的霧氣。秋玨望著他的軀體，有些呼吸不能。

她看了裴老賊的身體，眼睛會不會瞎？

隨後，裴清上前，三下兩下脫了秋玨身上的衣服。秋玨原本還掙扎了幾下，奈何抵不過裴清的力氣，最終徹底放棄了。

裴清望著乖巧的秋玨，一本滿足，她又胖又圓，皮膚軟綿綿的，抱在懷裡的手感甚好。

裴清帶著她下了水，清透的水面蕩起圈圈漣漪，而後歸於寂靜。

這池子有些深，裴清怕她沉下去，便掐咒化了一個圈，將秋玨裹在了圈中。

秋玨整個人都生無可戀了，她本身胖，再加上一個圈，幾乎半個身體都飄在了水面上。

裴清望著她，又化出了一隻嫩黃色的小鴨子。

「……」秋玨白眼，「我不玩小鴨子。」

裴清蹙眉，收回了小鴨子，而後在秋玨的視線中，化出了一個小人兒，那個小人兒……是裴清的樣子。

秋玨：「……我選小鴨子。」

任性的閨女也超級可愛呢。

裴清好脾氣一笑，將小鴨子還給她。

秋玨面無表情的抱著小鴨子，在水面上飄蕩著。裴清見她玩得開心，便緩緩闔下雙眸。

這碧清池水引的是浮玉山靈脈的靈池水，修仙之人沐浴池水中，可修身養性，吸納池水靈氣；而小孩子泡了，可以更快的打通經絡。

一片寧靜。

就在秋玨昏昏欲睡的時候，小腹頓時一脹，秋玨呼吸一窒，整個人都清醒了。

糟糕……

她……有點尿急。

秋玨小心的瞥向了裴清，裴清像是睡著一般，長睫輕顫，神色平靜。

秋玨收回視線，她蜷著腳趾頭，雙手緊緊抱住小鴨子。小腹脹得越發難受，秋玨張嘴咬上了鴨子嘴巴，好分散注意力。

她現在才五歲，小孩子的身體憋不住尿。身上的圈還扯不下來，秋玨又不好意思叫醒裴清，一時之間小臉憋漲得通紅。

裴老賊絕對是她人生的剋星！

她討厭裴清一輩子！

「嗚……」

秋玨哼哼一聲，水靈的雙眸望向了裴清，登時，她撞入了那雙清冷的眸中。

秋玨眨巴著眼，轉頭移開了視線。她已經憋不住了，但也不想向仇人尋求幫助，何況還是尿急這種事……

裴清看著秋玨，沉默片刻，長手一勾，勾著圈將她拉到了身邊。

「萌萌可是想小解？」

秋玨瞳孔一縮，整個身子都紅了。

裴清不由得笑出聲，摸了摸她柔軟的髮絲，「萌萌以為我睡著了，所以不想吵醒我？」

秋玨眼皮一跳：這人……有病吧？

萌萌懂得關心他，看樣子也不是全然不在乎。裴清心情大好，伸手抱著秋玨越水而出，隨手拿起一旁的袍子裹住了兩人。

碧清池沒有夜壺這種東西，裴清環視一圈，直接拿起了一旁由稀玉所造的夜瓷瓶。

裴清將那扁圓精緻的瓷瓶放在她腳邊，「尿吧。」

秋玨看了看那泛著溫潤光澤的瓷器，又看了看裴清……

這能尿出來就有鬼了！

裴清蹲在她面前，「怎麼了？」

「你走開。」

莫不是害羞了？可惜，他還想陪在她身邊呢。

裴清雙眸閃過一絲失望，他起身走到了簾子後面，「我在這裡。」

秋玨雖然在意，可她真的忍不住了，當下撩起披著的衣袍，開始小解。小解到一半的時候，簾子後傳來了裴清的聲音。

「噓……噓……噓……」

秋玨：「……」

小解聲與他的噓噓聲完美結合。秋玨不由得捂住了自己的臉。

說實話，秋玨不想活了，她甚至開始懷疑人生的意義，她甚至懷疑自己為啥要把他當作對手？她更懷疑，就裴清這個智商，是怎麼坐上仙尊這個位置的？

書上說，發出噓噓聲會幫助小孩小解，如今看來，書上說的果然沒錯。

此時秋玨也解決完了，裴清走了出去，結果立刻迎來秋玨如炬的眼神。裴清心中一個咯登，他應該……沒做什麼讓她不開心的事吧？

秋玨鼓了鼓腮幫，淡定起身，淡定換上衣服，淡定的邁著小短腿出了碧清池。

裴清茫然的眨了眨眼睛，快速整理好儀容，跟了出去。

秋玨小短腿走不快，沒一會兒就被裴清追上了。裴清輕輕鬆鬆的將她拎了起來，「萌萌不開心？」

「我要一個人靜靜。」

望著那故作成熟的小臉，裴清有些無措。

「萌萌為何不開心？」

秋玨癟了癟嘴，沒搭理他。

裴清忽地靈光一閃，將秋玨抱在懷裡，「爹爹帶妳去玩。」

書上說，小孩子要是不開心，帶她見點新奇的東西，立刻會轉移注意力。

裴清要帶她見的東西，絕對新奇！

※⊙※⊙※⊙※

仙地龍澤，此地乃是上古龍族的居住之地。

龍澤位於崑崙之東，四面大山環繞，重巒疊嶂，山中仙霧縹緲，虹光萬里。龍澤四面均設有結界，結界共有兩層，第一層防的是凡人和修道之人，第二層防的是成仙之人。

裴清的道行是其他上仙無法比擬的，眼前這結界在他眼裡就是小孩子遊戲般設立的。他輕輕鬆鬆破開結界，抱著秋玨直往龍澤淵。

秋玨現在整個人都不好了。

她不是傻子，自然知道這是什麼地方。

——這是龍族的老窩啊！六界之內無人敢冒犯的龍族啊！裴清這個大傻子到底要幹嘛？

距離龍澤淵還有些距離，可秋玨已經感覺到了龍之吐息，那發出的濃重吐息讓她這個普通人瞬覺窒息。巨大的壓迫感從四面八方向她湧來，秋玨被震得有些暈。裴清面色不變，他在秋玨周身下了一道結界，讓她免除了來自龍的氣勢。

穿過森林，終於到了龍澤淵。

秋玨看到一片雲霧縹緲，雲霧散盡後，一汪仙湖漸漸落入視線，湖泊中，盤旋著一條玄黑巨龍。

帝舜神君——這是黑龍的名稱。

裴清將秋玨放在一邊，他稍稍整理了一下凌亂的衣襟，踱步上前。

龍族每月都有幾天的沉睡期，在這期間，他們不會輕易甦醒。

裴清走到巨龍面前，雙眸微沉，片刻後，他在秋玨的目光下，伸手扯下了一片光澤飽滿的龍鱗。

秋玨整個人都懵了：這是……什麼情況？

裴清手握龍鱗向她走來，在秋玨驚愕的視線中將龍鱗別在了她髮絲上。

「好看。」

「……」好看個屁啊！

「要不要摸他？」裴清抱起秋玨，帶她近距離參觀著正在沉睡期的龍族之王帝舜。

「別怕，摸摸他的頭。」

裴清將她的小手放在了龍頭上，觸感一片如玉的冰冷，別說，這手感還挺好。秋玨不禁又摸了兩下。

裴清見她小臉上漾開了笑，不由得也勾起了脣角。

就在秋玨摸得開心的時候，龍醒了。

龍緩緩掀開眼瞼，顯現出一雙懾人奪魄的燦金雙眸。那雙眸子轉了轉，最後定格在秋玨的頭上，龍顯然注意到秋玨頭上的裝飾物是自個兒身上的鱗片——自己的鱗片竟然成了奶娃的裝飾物？龍的呼吸開始急促，目光如炬的看著兩人。

帝舜發怒了。

「萌萌去一邊歇著。」

裴清將秋玨放在地上，高大的身影將她護在身後。秋玨又不是傻子，這個時候不躲遠點兒，可是會出人命的，於是她趕緊躲到了樹後。

見她跑遠後，裴清這才專心應對眼前的帝舜。

下一瞬，帝舜那黑色的巨尾向裴清甩來，龍尾掀起的利風破開湖水，劈開空氣，直朝裴清面門；裴清神色未變，他伸手，白色的袖袍在空中翻滾，銳利的風吹起他肩上的碎髮。裴清眼睛眨都沒眨的擋住了帝舜的攻擊。

他一笑，聲音清冷：「帝舜，好久不見。」

帝舜歪了歪頭，眼神中是一片茫然。片刻後，他了然了。

「裴清啊。」

恢復人形的帝舜一身黑袍。金色的眸瞥過秋玨，又很快將視線收斂。

「怎麼有空到我這裡？」

「閒來無事罷了。」

「哦？」帝舜濃眉一挑，「閒來無事，所以過來剝我鱗片？」

秋玨眉心一抽，裴清但笑不語。

帝舜又說：「那仙尊還真是閒。」

「其實……」裴清抿了抿脣，「來你這裡，主要是為了給我女兒找樂子。」

帝舜：「……」

——這就是你剁我鱗片的理由嗎？

——等等……

——女兒……？

——裴清竟然真的有女兒了？！

帝舜開始懷疑人生了。

帝舜有一個毛病，那就是喜歡在睡前刷刷仙友圈，等實在睏到不行才會放下玄光鏡。上次和往常一樣，他無所事事的刷著仙友圈，結果刷著刷著就刷出了裴清有女兒這條消息。他一個激靈瞬間清醒，當下就想去找裴清，奈何架不住本能……

等他睡醒後，裴清來了，還帶著女兒……

裴清竟然真的有女兒！

帝舜以為自己醒來的姿勢不對，他細細打量著躲在樹後面的秋玨，沒錯，那的確是個女娃娃。

帝舜一臉震驚，道：「哪來的？」

「菩薩賜的。」裴清一本正經道。

帝舜：……你在逗我？

身為裴清的好友，帝舜深知裴清一直想養個女兒，可他又不願去找人生，整日白日做夢妄想天降閨女，甚至還偷偷去拜了送子觀音。

觀音知曉後，乾脆拒絕了他的焚香，你說這不是找碴是什麼？正因此事，觀音對裴清的印象很不好。

總不會……觀音真的白白給了他一女兒？

騙鬼呢！他又不是傻子。

「搶的？」帝舜試探性問道。

裴清不語，對著秋玨招了招手，「萌萌，過來。」

秋玨看了看裴清，又看了看帝舜，最終小身子一轉，默默的蹲在地上玩泥巴。

這……根本就不親近啊！

帝舜目瞪口呆。

裴清淡然一笑，說：「萌萌膽子小，怕生。」

此時，一條小青蛇從草叢裡鑽了出來，牠擺動著身子，衝秋玨做出了攻擊的姿勢。

秋玨與小青蛇對視著，她雙眸幽深，那眼神無端的讓小青蛇感覺到壓力。就在此時，秋玨眼睛眨也沒眨的將小青蛇一把抓起，擰成一團掛在樹上，還綁了一個死結。

裴清神色未變，「喜歡小動物。」

帝舜：「……」

不過……那小青蛇有點眼熟啊。

帝舜定睛一看，可不眼熟嘛，那是他弟弟！

被綁在樹上的他弟弟扭動著身子，想從樹上掙脫下來，可越是掙扎，身子便纏得越緊。

帝舜的幼弟和明生來調皮，他本是來找睡醒的哥哥，可見一相貌玲瓏的女娃蹲在一邊，便生了戲弄的心思，結果……

自討苦吃。

小青龍沒了法子，朝一旁呆滯的帝舜發出求救的眼神。

帝舜反應過來，趕緊將和明扯了下來。掙脫開來之後的第一件事，和明就是衝一旁的秋玨吐了一個小火球。剛會化形的幼龍沒什麼殺傷力，軟綿綿的小火球砸在秋玨頭上，化成了一團灰。

——誰叫妳冒犯我！

小青龍得意得緊。

秋玨眸光微沉，望著得意忘形的小青龍，二話不說掐了一個幽冥火咒，當下，烈烈火焰自小青龍身上竄起。

事情發生的措不及防，這咒也不知是哪家的道法，把他燙得火燒火燎。和明在地上直打滾，帝舜愣了片刻，剛忙用清泉咒去化解。

大事不好，先走為妙。

裴清一把將秋珏扯了起來，抱著她匆匆離開。

「裴清，你給我站住！」只見弟弟已燒得看不出原本的龍樣，帝舜氣急了，衝他的背影怒吼著。

裴清一臉淡然，權當沒聽見。

「裴清你給我等著！」

上古龍族到帝舜這代本身就快絕種了，他唯有這個弟弟，平日裡疼惜得緊，帝舜自個兒都捨不得打他，結果那丫頭一來……

※⊙※⊙※⊙※

剛燒了一條龍的秋珏全身舒坦，她臉上掛著笑，就連裴清看著都順眼不少。

開心過後，秋珏才意識到自己忽略了重要的事……

幽冥火咒是魔道之徒才能使出的咒法，裴清又不是真的傻子，她剛那樣使了出來，裴清肯定會懷疑。不過，秋珏也不怕裴清懷疑，他若問起，她自然有一套說辭。

「玩得可開心？」

到了蒼梧殿，裴清將她放下。

秋玨仰頭看他，裴清生得清冷，此時一語不發，倒顯出了仙尊的高冷氣勢來。

她剛才那樣冒犯了龍族，想必裴清是生氣了。

「開心。」秋玨答。她就喜歡看裴清生氣的樣子，裴清越生氣，她越高興；他要是氣死了，她會高興壞了。

裴清修長的手忽地向她伸來，秋玨以為他要打她，看著他的眼神無所畏懼。

結果，裴清的手只是落在了她頭頂，輕輕的蹭了蹭。

「開心便好。」他說，聲音如月光輕柔。

秋玨心中微動，「你不生氣？」

「為何生氣？」

「我燒了小青龍。」

「妳能燒到他，那是妳的本事，我又為何生氣？」

無法反駁。

見她沉默，裴清又說：「莫要擔心，帝舜腦子不好使，趕明兒就忘記這事了。他若是來尋妳麻煩，為父替妳擔著。」

「他若是來尋妳麻煩，我替妳擔著。」

這話他曾經也說過，只可惜……

秋玨抿了抿唇，「你就不問我，我那咒法是從哪裡學的？」

「妳想說，自然會說；不想說，我也不強迫。」

——傻子……

秋玨抿了抿唇，看樣子她那套說辭用不上了。

裴清掏出帕子擦了擦她臉上殘留的灰燼，「睏了吧，要不要睡會兒？」

秋玨的確睏了，小孩子本身容易累，她打了一個哈欠，眼中布上了一層水霧。秋玨伸手揉揉，自個兒爬到了一邊的床榻上。

好乖。

望著那個圓乎乎的小背影，裴清被萌得冒泡泡。

待秋玨上床後，裴清也小心的側躺在她身邊。雖說神仙不用睡覺，可是……他要看萌萌睡覺啊～

「你幹嘛上來？」秋玨往一邊側了側，看著他的眼神滿是嫌棄。

裴清托著腮，大手輕輕拍打著她的後背，「哄妳。」

「我不用你哄。」秋玨鼓了鼓腮幫，小胖手想要推開他的手。

裴清一把反握住，「妳睡妳的，我哄我的。」

感覺到手上傳來的溫度，秋玨身子一僵：這個人……好煩！

她本想再掙扎一下，可卻抵不過濃濃的睡意。

望著她緊閉的雙眸，裴清緩緩的哼起了調子，悠揚清淺的曲調迴盪在寂靜空闊的蒼梧殿中。

裴清閉上雙眸，她的呼吸聲就在他耳邊，一下一下，富有節奏。

心中倏地升起一種奇妙的感覺，裴清低頭，柔軟的脣碰了碰她的額頭。

有個人陪著可真好……

「咯吱。」

門忽地開了。

裴清抬眸，是子玥。他站在門口，看著他的眼神怯生生的。

小徒弟怕他，平日都不敢看他一眼，如今過來找他，定是遇到了什麼難事。

「師尊……」

「嗯？」

「何事？」

裴清小心的看了一眼秋玨，她睡得熟，看樣子是不會被吵醒。

子玥緩緩上前，他眨了眨眼睛，望向秋玨，「小師妹睡了啊……」

CHAPTER

第二章

「嗯。」

「師尊……」子玥張了張嘴，欲言又止。

「師兄說……您有了師妹，就不要我了……」子玥長長的睫毛輕顫，「師、師兄說的可是真的？」

子玥曾生在安都城，長安戰亂後，父母丟下了他，烽火之中，餓得皮包骨的子玥遇到了下山歷練的大師兄，後被師兄帶回了浮玉宮。

望著那張忐忑的小臉，裴清輕輕嘆了口氣，子玥本身敏感，可那些身為兄長的不護著，反而三天兩頭的捉弄他。

「為師不會不要你。入了浮玉宮，便永遠是浮玉宮的弟子。」

子玥抽了抽鼻子，笑了。

「那……我能和師尊、師妹，一起睡嗎？」子玥扯著袖子，小心翼翼的問道。

——不能。

裴清果斷的在心裡拒絕了，可是小徒弟的模樣又有些可憐，若此時拒絕，說不定怎麼想他呢。

「只要你不吵到師妹。」

「我不吵師妹。」說罷，子玥脫下鞋子，三下兩下的爬上了床榻。

子玥躺在一邊，師尊似乎也不是那麼可怕……師尊這麼溫柔的哄師妹睡覺，還允許他和他們一起，看樣子師尊只是長得可怕，心地和大師兄一樣好。

兩隻小崽子都睡了。

裴清怕秋玨冷，於是小心的為秋玨蓋好毯子，又瞥了一眼子玥，男孩子應當自強，就算冷也無妨。

秋玨翻了個身，這一翻，就翻到了他懷裡。

裴清整個人都僵住了，一動也不敢動，生怕自己一動手指頭，萌萌就醒過來。於是裴清保持著一個姿勢，眼睛眨也不眨的看著她。

看久了，裴清越發覺得她可愛。

「……裴清。」

睡夢中的秋玨嘟囔一句，離她很近的裴清聽清了。

她在叫他名字。

裴清呼吸放淺，她真的在叫他的名字……

萌萌夢裡都想著他。

「弄死你。」此時秋玨又嘟囔了一句。

裴清：「……」

CHAPTER

第二章

凡間有句古話，打是情罵是愛，萌萌這樣說……肯定是愛他愛得不得了！

※⊙※⊙※⊙※

如今的浮玉宮，上上下下共有百位弟子。

秋玨來這裡也有些時日了，裴清便想著帶她去前殿見見那些師兄。

剛睡醒的秋玨有些迷糊，她呆呆的坐在床上，任由裴清打扮她，待裴清拿出一件繡花粉色襦裙的時候，秋玨才回過神來。

「我不穿粉色。」

「那……黃色？」

「不要。」

「那白色。」

「我要黑色！」

「黑色還沒做好呢。」

裴清摸了摸秋玨的頭，他才不會和萌萌說是他不願做。萌萌長得這麼可愛，怎麼能穿黑色，那不是暴殄天物嗎？

最終秋玨做了讓步，換了一身水藍色的小裙子，裴清又為她梳了兩個圓圓的團子頭，最後用淡粉色的花做裝飾。她生得粉雕玉琢，這麼一打扮，更可愛得不像話。裴清摸了摸她的頭，滿意一笑。

此時子玥也醒了，揉了揉眼眶，甜甜的喚了聲師尊。

「我們去前殿。」

子玥道了一聲是，跟在兩人身後。

第三章
這對龍兄弟有點蠢

這個時辰，弟子們都在修煉，待裴清帶著秋玨來到前殿訓練場時，所有人的目光都落了過來。

他生得丰神飄灑，皎若玉樹，什麼都不做，什麼都不說，便能勾魂奪魄。

訓練場的弟子們未想到裴清會來，都愣怔了片刻，而後反應過來齊齊道了一聲師尊好。

「師尊。」

一修長男子向他走來，男子一身白衣，氣質出塵，眉眼如玉，他的視線落在秋玨身上，溫潤一笑，「想必這是師妹了，先前子旻向我提及過妳，聽聞妳受傷，便也沒敢冒失打擾，傷可好了？」

眼前的正是裴清的大弟子子霽，秋玨曾與他有些淵源。

秋玨斂起視線，沒有作聲。

見秋玨不搭理他，他也不覺尷尬，好脾氣的笑笑，轉身繼續去操練師弟們。

裴清剛想將秋玨抱起，就感覺到一陣熟悉的氣息，裴清抬眸看去，遠處的碧空被密雲所遮，銀白的閃電劃破大空，黑雲翻滾中，龍尾搖擺。

沒想到帝舜這麼快就追來了。

見此情形，其他弟子也沒了訓練的心思，雖說帝舜神君與自家師尊是好友，可……今天這陣仗明顯不對啊。

你怎麼跑！」

帝舜氣勢洶洶的穿透結界，一把扯住了其中一個正在訓練的弟子，怒道：「裴清，我看

見裴清一臉淡然，弟子們也收了忐忑的心思。

「無妨，你們繼續。」

「師尊……」

為了躲我，竟拋了姓名，也不怕傳出去笑掉大牙？」

「嗯？」帝舜眉頭一擰，手上的力道加大，語氣更是危險：「呵，沒想到堂堂浮玉仙尊

小弟子哭喪著臉說：「神君……我……我不是師尊。」

小弟子快哭了，「我……我真的不是師尊！」

裴清看不下去了，他一拂衣袖，輕聲開口：「帝舜，我在這裡。」

「嗯……？」帝舜看了看眼前的人，又看了看站在上頭的裴清，似乎……有點區別……

他剛氣昏了頭，竟沒好好辨認。

「帝舜，你這不認人的毛病又加重了，建議你讓醫司宗的人瞧瞧，免得延誤病情。」

帝舜推開小弟子，冷哼一聲，「莫要誣陷我，是你長得普通，害本王總是認錯！」

裴清但笑不語。

帝舜看向秋玨，將揣在懷裡的和明抱了出來，小青龍外傷雖好，可內傷未除，這會兒正

無精打采的癱在他手心上。

「裴清，你深知我龍族血脈單薄，你還讓那個野孩子傷吾弟性命，你是何居心？！」

等等，這關係有些亂啊！

不明真相的一眾弟子百臉茫然。

——師尊帶回來的孩子傷了龍族之王的弟弟？！

——那個長得那麼精巧的女娃娃竟然能傷了那個小霸龍？！

小青龍掀了掀眼皮，看向秋玨的眼神滿是控訴。秋玨移開視線，權當沒看見。

「小孩兒打鬧，難免磕磕碰碰。帝舜何必和萌萌較真。」裴清說著，語氣輕柔，「何況萌萌這麼可愛。」

帝舜：「……」

——可愛就是傷和明的理由嗎？！

——沒想到你是這樣的裴清君。

帝舜好氣哦，他瞇了瞇眼眸，眼神如刀。帝舜將和明放在地上，和明幻了人形，雖說他性子頑劣，卻生了一副精巧好看的外貌。

「既然裴清仙尊不肯將那個野孩子交出來，就別怪我不客氣了。」

「她叫裴萌，她不是野孩子。」裴清也有些不開心，他好不容易得來的女兒本身比一般的女孩沉穩，雖說面上什麼都不在乎，可心思卻敏感細膩得很，她生怕帝舜的無禮之語傷了這個孩子的心。

兩人之間劍拔弩張，局勢急迫。

秋玨抓住裴清的衣袖，表面上一臉乖巧，內心卻想著如何讓裴清出醜。她低著頭看向地面，頓生法子。

秋玨隨意掐了一個咒，只見地面憑空生長出一片小小的嫩芽，淺綠色的嫩芽在裴清腳下緩緩生長。秋玨詭異一笑，再等一會兒，生長出來的藤蔓會纏住他的雙腳，裴清一動，立刻會摔倒。雖說現在弄不死他，讓他在眾弟子面前難堪也是不錯的。奈何她現在修為淺，不然藤蔓一下子就生出來了。

恰逢子旻遊歷回來，只見他手上抱了一個正冒著黑氣的葫蘆。子旻不明所以的看了看帝舜，又看了看裴清，然後上前幾步，對兩人作了一揖，「子旻拜見師尊，拜見帝舜神君。」

帝舜淡然的瞥了子旻一眼，臉生，不認識。

「你手上拿的是什麼啊？」好奇心旺盛的和明瞬間被他手上的葫蘆吸引了。

「這個啊……」子旻笑笑，「這叫封魔葫，裡面正關著一隻名叫噬魂魔的妖獸。」

「能給我看看啊？」

「這個可不能。」子旻後退幾步，「這妖獸是魔界特有的生物，讓牠碰上一下，哪可不得了。和明君還小，最好別碰這玩意。」

他竟然把她最鍾愛的寵物寶寶抓來了！

秋玨有些心痛！

「我不管，我要看！」

任性的小青龍二話不說前去爭搶，子旻大驚失色，趕忙躲開。跳起來的和明好巧不巧的拔開了蓋子，只聽得一聲沙啞的嘶吼傳出，隨後，一隻全身漆黑、長滿倒刺的噬魂魔從中躥了出來。

噬魂魔模樣駭人，其危險程度可不是一般的小妖獸可以比擬的。子旻好不容易才擒服住牠，結果現在……竹籃打水一場空！

和明單純被這玩意的樣子嚇住了，雙腿一軟跌倒在地上，望著噬魂魔的眼神滿是驚懼。

——沒用的東西，就這小畜生也想嚇她？

秋玨內心嘲諷，她又看了眼裴清腳下的藤蔓，很好，已經長出來了。

「嘶——」

噬魂魔忽地向和明衝去，和明尖叫一聲，連滾帶爬的向帝舜跑去。

子旻見此，冷哼一聲，並不願出手，這小子仗著帝舜神君便四處調皮搗蛋，上次來浮玉宮還打碎了他最喜愛的一個法器，時至今日，是應該讓他吃點苦頭了。

裴清和子旻想的一樣，不動聲色的往後退了退。

CHAPTER

第三章

——不行，裴清要是躲過去了，這陷阱不就暴露了？我不就又白做了？！

心急的秋玨趕忙去拉裴清，裴清剛好後退。

秋玨瞪大眼睛，她身子前傾，手上撲了個空，小腳剛好被腳下生長完全的藤蔓纏住。小孩兒身體的平衡力本身就差，這麼一弄，秋玨直接從臺階上滾了下去，而完成任務的綠色小藤蔓瞬間消失。

她長得胖，遠遠看去，不知情的還以為那是一個正在翻滾的藍團子。

秋玨頭暈目眩，胃中翻滾有些想吐。

「砰——」

翻滾的身子終於停下了，停下時，她似乎還撞到了一個軟軟的東西。

同時，原本要攻擊和明的噬魂魔咬了個空。

這一幕發生的猝不及防，就連裴清都有些不敢置信的瞪大眼睛，他家萌萌……是怎麼滾下去的？！

「難……難受。」秋玨嗚咽一聲，無精打采的爬了起來。

待眼前視線清楚了，秋玨才看清那東西的樣子，是和明。

和明瞪大一雙眼睛，長長的睫毛還掛著淚水，雙唇微張，神色詫異。

——沒撞死這小崽子吧？

想著，秋玨伸手拍了拍他的臉蛋，結果伸出的手一把被和明握住。

和明臉色通紅，呼吸急促，他張了張嘴，吞吞吐吐說出一段不甚完整的話：「妳……妳竟然不顧自身安危來救我！」

「哈啊？」秋玨茫然的眨了眨眼睛，這小崽子是被撞傻了吧？

「妳是叫萌萌嗎？」和明滿臉羞澀的看著她，忐忑的握緊她肉呼呼的小手，「那個……妳……妳要不要嫁給小爺我啊？」

「妳是第一個捨命救我的人，妳成功吸引了我的注意力。等日後我做了龍族的王，妳就是我的王后了，怎麼樣，想想是不是很激動？」

——激動，激動你奶奶個腿！

這是什麼發展，小青龍竟然……求婚了？

被當眾求婚的秋玨有些懵，她被一個……小鬼求婚了？

「妳……妳不說話，我就當妳是默認了。」

秋玨一個激靈，一把推開和明，麻溜的從地上爬了起來，「我才不會看上你這種幼稚的小崽子呢，一邊玩泥巴去。」

不愧是他看上的女人，一點都不在乎他尊貴的身分。小青龍更喜歡秋玨了。

噬魂魔還要來攻擊，但在看到秋玨時，噬魂魔的眼神從凶狠轉變為茫然，又從茫然轉為

CHAPTER

第三章

欣喜，牠嗚咽一聲，晃著尾巴向她撲來。

——不好！這噬魂魔是不是察覺到了什麼？

作為魔界特有產物的噬魂魔，最喜歡的除了人類的魂魄外，就是魔女秋玨了。牠應該是嗅到了秋玨的氣息，正欣喜的衝她撒著歡。

「往哪裡跑啊你！」就在此時，子旻上前，動作迅速的將噬魂魔裝回了葫蘆裡。

待在葫蘆裡的噬魂魔不甘心的掙扎著，喉嚨間還發出可憐兮兮的嗚咽聲，秋玨沉了沉雙眸，淡然的移開了視線。

此時周圍人看她的視線有些詭異，也不知是因為小青龍，還是因為噬魂魔，秋玨抿了抿唇，跑到了裴清身邊，朝他張開了雙臂。

「抱抱。」

她才真的不是想要裴清抱呢，畢竟局勢詭異，躲在裴清身邊是最正確的選擇。

而裴清的心裡早已盛開了大片的花。

他彎腰，輕輕的將她托了起來。

「怕，剛才那個東西，想咬我。」秋玨圓圓的雙臂環住了他的脖頸，又將小腦袋靠在了他肩頭，裴清身上有淺淡的香氣，嗅著甚是好聞。

「不怕，牠已經被師兄關在葫蘆裡了。」子旻晃了晃葫蘆，裡面的噬魂魔還不老實。子旻用力敲了一下葫蘆，「老實點，誰讓你嚇我們萌萌！」

「嗚……」

被關的噬魂魔覺得很委屈，牠有些想不明白，以往一直寵牠的主人怎麼突然……不喜歡牠了？雖然她身上沒了魔族的氣息，但牠的感覺是絕對不會錯的！

裴清抱緊秋玨，疼惜說：「牠不咬妳。萌萌摔得疼嗎？」

「不疼。」有個小青龍墊著，怎麼會疼。

帝舜也將自己的弟弟抱了起來，小青龍看了看秋玨，臉上又是一紅，轉頭湊到帝舜耳邊輕聲道：「大哥……」

帝舜明白了弟弟的意思，點點頭，然後看向裴清，一臉大氣道：「裴清，我們一笑泯恩仇吧。」

裴清淡然開口：「我和你沒仇。」

「……」

「我看和明與你家萌萌有緣，不妨讓他們相處試試。」

裴清，「沒緣，不試。」

「……」

帝舜深吸一口氣，自顧自道：「過些日子，我會親自送上聘禮，告辭。」

裴清衝他的背影輕言道：「別來了。」

帝舜腳下一個踉蹌，瞥了裴清一眼，抱著小青龍離開。

「萌萌，等小爺以後找妳玩！妳可不能水性楊花啊！」

「……」

兩條龍可算走了，裴清顫了顫雙睫，說：「子霽，去將結界加強，順便發個告示，龍族不可接近浮玉宮，尤其是帝舜與和明君。」

竟然妄想娶他家萌萌，也是可笑。

他家的萌萌可愛懂事不說，還資質不凡，怎麼可能會看上一條龍？還是那麼一條沒本事的龍。

裴清怕秋玨一個人悶，便允許她在訓練場和師兄們一起玩。

浮玉宮百名弟子均是男性，如今出現一個女娃，也是新奇得很。許是因為裴清的原因，正在休息的弟子們不敢上前打擾，他們小心翼翼的瞥著一邊的秋玨，再撞上裴清視線時，又快速的斂起目光。

當裴清看向別處時，一些膽子大的弟子趁機捏了捏秋玨的小臉；秋玨不滿的瞪了過去，卻發現對方像什麼都沒有發生過一樣，假裝四處看風景。等裴清再恍神，對方又捏了過來。

這是沒完沒了了吧？！

秋玨扯了扯裴清的衣袖，仰頭說：「裴清，你看他們……」

「萌萌是想和師兄們一起玩？」裴清再次會錯了意。

「他們不是我師兄。」

就在此時，憑空響起一聲咕咕聲，瞬間一片寂靜，所有人的視線都落在秋玨的肚子上。

秋玨臉上一紅，趕忙捂住了小肚子。

「咕嚕——」

又是一聲，這聲比之前那聲響得還要大。

子旻抿了抿脣，憋不住有些想笑。像他們這些修士都是不用吃飯的，一顆上極的辟穀丹便能頂幾個月，自然也不會餓。

裴清神色自然，「萌萌餓了？」

秋玨捂著肚子不說話。

裴清從空間戒指裡掏出一顆紅蘋果遞了過去，「給。」

秋玨猶豫片刻，最後小心接過，捧著蘋果咬了一口。

——好……好萌。

——小孩兒吃飯都這麼可愛嗎？

眾人不禁想著。

「我想吃肉。」秋玨嚼著蘋果，這些天每日不是水果就是清湯寡水、沒啥味道的蔬菜。在未成魔前，她也是個重口味的，讓她偶爾吃一頓還好，連續這麼多天，身體哪能受得了。肉……

裴清蹙眉，他要去哪裡……給萌萌找肉？

「萌萌乖，吃葷腥對修煉不好。」

秋玨鼓著腮幫，語氣任性：「我不修煉，我要吃肉！」

裴清雙睫不安的顫動著，那書上說小孩子挑食要哄，可……要怎麼哄啊？

秋玨見他一臉無措，頓生戲弄之心。

「不給我吃肉也可以。」她抱著小蘋果看向他，「讓我吃你一口。」

裴清鬆了一口氣，將自己的手伸了過去，「嗯，吃吧。」不就是……身上的一塊肉嘛，只要他們家萌萌開心，他怎麼樣都行。

秋玨望著眼前的手，他的手長得甚是好看，手指修長，骨骼分明。可……可她又不是真的要吃他的手，裴清是不是傻啊？！

其他弟子也驚了，這還是他們的師尊嗎？不會被奪舍了吧？這明顯不正常啊！

「萌萌不吃了？」

秋玨有些牙癢癢，低頭，張嘴狠狠咬上了他的手腕。

裴清是個大壞蛋，她恨裴清一輩子！

小孩兒這點牙口在裴清眼裡就是撓癢癢，由於過度用力，她的腮幫子在一抖一抖，看著十分憨態可掬。

待牙齒疼了，秋玨才鬆開，望著那紅紅的牙印，滿意一笑，「這個你不能弄掉。」

裴清看著沾著口水和印有牙印的手腕，輕輕一笑，「好，萌萌說什麼，就是什麼。」

完了，他們家師尊真的被奪舍了！

裴清一直冷冷淡淡，臉上向來只有一個表情，不管外界發生什麼都無法將之撼動，可此刻……他們家師尊，竟笑得這麼好看，眉眼那麼溫柔，和先前的他簡直判若兩人！

看來師尊真的被奪舍了。

一位弟子大著膽子上前，「師尊，我們能下山半天嗎？」

聽說山下的鎮子在開廟會，熱鬧得很，如今他們家師尊如此和藹可親、溫柔可愛，這點小小的請求一定會答應的。

結果——

裴清淡淡一瞥，「可以。」

眾弟子一喜，他們家師尊真的變得和藹可親、溫柔可愛了！

此時他又說：「下了山，就別回來了。」

「……」

他們家師尊一點都不和藹可親、溫柔可愛！和以前一樣的冷酷無情、無理取鬧！

「你就讓他們去玩半天嘛～」秋玨啃著蘋果，「師兄們都那麼辛苦，那麼累。」

秋玨忽然冒出的聲音簡直就是仙女的歌喉，好聽美妙得不得了。他們欣喜的看向秋玨，原來這個才是真正的和藹和親、溫柔可愛！

裴清想了想，將自己被咬過的手再次伸了過去，「妳給我吹吹，我便讓他們去。」

秋玨手一抖，牙一酸，差點咬到自己舌頭，她抬頭狠狠瞪了裴清一眼，這人不只是個傻子，還厚顏無恥，臭不要臉！

她又不是真的好心讓他們去休息。

秋玨的主要目的是支開這些弟子，到時候她就能偷偷潛入到藏物閣，浮玉宮的藏物閣除了放有珍物外，還有一些書籍法寶，說不定那裡有讓她變回去的法子。

為了自己未來的命運，也只能忍了！

秋玨糾結的看著他的手，不情不願的湊了上前，嘟嘴，輕輕對著被咬過的地方吹氣。

「好了。」他將她抱了起來，「走吧，我們去廟會。」

「哦！師尊太好了！」

「師尊棒棒噠！」

「師尊，您真是個好人！」

秋玨：哎？我沒說我也要去廟會啊！！

書上說了，小孩子慫恿大人去做一件事的時候，這就說明，真正想做這件事的是這個小寶寶，此刻你要帶著她一起去完成。萌萌如今提出這個要求，說明想去廟會的其實是她。

嗯，他真是太機智了。

「我……我不去……」秋玨晃蕩著小短腿，「我要留在這裡！」

「萌萌別害羞，我們去轉轉就回來。」

不！她不想轉轉！

——裴清你這個大傻子！

※⊙※⊙※⊙※

一行人浩浩蕩蕩的出了浮玉宮，某個路經此地的遊仙見此，趕忙駐足。

這麼多弟子下山，難不成要去和魔族開戰？聽聞魔族之王秋玨消失許久，莫不是裴清仙尊搞的鬼？都說擒賊先擒王，裴清仙尊定是暗自拿住了那個魔女，待魔族失去首領亂作一團時，他再帶弟子下山擒服！

不愧是裴清仙尊，平日悶著腦袋一句話不說，其實比誰都精明可靠！

就在此時，他看到裴清出來了，懷裡還抱了一個……奶娃娃。

什麼情況？

去和魔族開戰，為啥要抱一個奶娃娃？難不成是要迷惑敵人？

不對不對，孩子是哪裡來的！

「逍遙仙人，為何在我浮玉門前？」

不好，被發現了！

逍遙仙人抖了抖鬍子說：「路……路過。」

「哦？」裴清挑眉，也未拆穿，「若不進來坐坐？」

「不了不了。」逍遙仙人擺了擺手，人家正要去幹大事情，他怎麼好意思叨擾。

「說來……裴清仙尊，這個孩子是……」逍遙仙人向秋玨看去，近了一看，這小姑娘長的還真憐人，唇紅齒白，雙眸黑亮，眉眼間竟和裴清有幾分相似。

「她叫裴萌，我女兒。」

——女……兒？

逍遙仙人忽感不妙，裴清仙尊還真有女兒啊？！

「近日來她都待在宮中，我怕孩子憋壞，便帶她去山下轉轉，看看廟會。順便也讓弟子歇息歇息。」

逍遙仙人：「……」

——原來不是和魔族開戰啊！

——你們去看個廟會，至於全門派的人出動嗎？！

【逍遙仙人：裴清仙尊竟然真的有女兒了……】

【玄清上仙：是啊……很可愛的女娃娃。】

【韓雁上仙：聽聞，不久前這個孩子救了帝舜神君的幼弟？】

【司幽上仙：沒想到一女娃有這等勇氣和氣魄，若是好好培養，日後定能成大事啊！】

【常義上仙：說不定……能扳倒秋珏那個魔女呢！】

【洛元公：趕明兒我便前去浮玉拜訪，親自會見裴清。】

【玄清上仙：洛元公這是想收那女娃娃為徒？小心浮玉仙尊打你哦。】

上仙們在玄光鏡上聊得熱火朝天，這邊的秋珏重重打了一個噴嚏，伸手揉了揉鼻子，莫不是有人說她壞話？想著，目光瞥向了雲層之下。

快到蘇陽鎮了，原本與他們結伴的弟子們都三三兩兩去向別處，裴清倒也不甚在意，他的弟子向來懂事，也不怕在外面惹是生非。

終於到了蘇陽鎮，裴清將秋玨放在地上。

雙腳一接觸地面，秋玨宛如脫韁的野馬，四處狂奔起來，最後腳下一絆，撲通一聲摔倒在了地上。

——嘤……得意忘形了。

秋玨轉頭看了裴清一眼，他眸色淺淡，正注視著自己，秋玨臉上一紅，忽覺丟臉。麻溜起身拍了拍衣裙上的土，站在原地乖乖等著裴清。

裴清笑了笑，上前牽起了她的小手。他指尖微涼，手掌寬厚，正緊緊的包裹著秋玨的小手，秋玨看向那彼此相握的手，皺了皺眉，一把抽了回來。

裴清重新握住，見她掙扎，緩緩開口：「別動，丟了怎麼辦？」

秋玨心中一動，說：「丟了就丟了，反正我不想和你在一起。」

「可只要妳和我在一起，我便不會丟了妳。」他說，聲音融入到夜色中。

秋玨眸光微閃，沉默不語，任由他牽著。

輕風拂面，秋玨與他走在蘇陽鎮錯落的街道上，周圍的人逐漸多了。今夜是廟會，正是一年中最熱鬧的時刻。秋玨一眼看去，街道兩旁店肆林立，曠地上散落著各種攤位，小販們的叫賣聲一聲高過一聲。熙熙攘攘間，裴清將她架在了自己肩頭上。

秋玨驚呼一聲，趕忙將手搭在了他腦袋上。

「你……你幹嘛？」

「嗯……他們都那樣做，萌萌不喜歡嗎？」

秋玨看去，街上有很多大人都像裴清這樣，把自己的孩子舉在頭頂，小孩兒笑得燦爛，父親神色慈愛，可是——

她又不是真的小孩兒！

裴清也不是她爹！

「你……你放我下來。」

「不行，人多。」裴清雙手握著她的小腳，他聲音愉悅，顯然樂在其中。

「這位公子，給孩子買根糖葫蘆吧，糖葫蘆又甜又脆，吃了一根保准你想買第二根！」

裴清駐足，見小販手上的糖葫蘆紅豔豔的，包在山楂外的果糖晶瑩剔透。秋玨眨了眨眼睛，不由得得吞嚥了一口唾沫。

裴清幻化出銀兩，遞上前，「給我一根。」

「好咧！」小販喜笑顏開，俐落的取下一根遞到秋玨手上，還不忘誇讚幾句：「這孩子長得可真俊，這個也給妳。」說著，從口袋裡掏出一顆黃燦燦的橘子。

秋玨抱著橘子，驟然生出一種莫名的情愫。

凡間的百姓……從未這樣對她笑過，縱使她沒有傷過他們一絲一毫，卻還是被當作魔女看待。也難怪，她惡名在外，六界之中，無處容她。

秋玨咬了一口糖葫蘆，糖葫蘆酸酸甜甜，甚是美味爽口。她不由得晃著小腿，四處打量起周圍。

裴清趕忙拉緊她來回晃蕩的小腳，避免她掉下去。

「肉……肉！」

沒錯！這是肉的味道！肉的味道！

「我……我要肉……」說著，一行口水從嘴角滑落，掉在裴清頭頂上。

裴清臉色一黑，聲音有些無奈：「萌萌……」

想來他也不會帶自己去吃。其實這個時候秋玨賣個萌就好了，可是她才不會向裴老賊低頭呢！

秋玨哼了一聲，擦乾淨口水，繼續啃著糖葫蘆。

裴清嘆了一口氣，轉身走向一邊的醉仙樓。

「客官，幾位啊？」

「兩位。」裴清將秋玨放在地上，「找個幽靜的房間。」

小二暗暗打量著裴清，他在這店家多年，早已練就了一雙火眼金睛。眼前的男子雖衣飾普通，可氣勢不凡，不是富家子弟，便是名門望族。小二不敢耽誤，趕忙為裴清準備雅間。

「走吧，別摔了。」裴清拉著秋珏上樓，他見她面無表情，可雙眸中難掩喜色。

——到底是個小孩兒。

裴清彎唇一笑，眉眼溫柔如春水。

「客官，點些什麼？」

裴清翻了翻菜單，「各種肉食都來一點，最後上一碗酸梅汁。」酸梅助消化，對小孩兒的胃也好。

「好咧，二位稍等片刻。」

糖葫蘆吃完後，秋珏有些尿急，她看著身旁的裴清，張了張嘴，最終礙於面子，並沒有說出口。

「我去外面看看。」

「嗯？」

「外頭有個小姐姐唱戲，我去聽一會兒。」

裴清本是要阻止的，可轉念一想，小孩兒好動，喜歡新奇的事物，若是不讓萌萌去，可能會讓她不開心。何況她那麼想吃肉，待菜上來就回來了。

裴清點了點頭，柔聲說：「不要亂跑。」

秋珏一笑，跳下椅子走了出去。

「小二哥，茅房在哪裡？」

下了樓，秋玨扯住了小二的衣袖。

小二先是一怔，而後低頭看她。秋玨生得圓潤，脣紅齒白，雙眸明亮，甚是討喜。

小二一眼認出這是剛才那位公子哥的閨女，便彎下腰，輕言細語道：「從這裡穿過去，左轉。」

「我曉得了。」秋玨鬆開手，匆匆向茅房的地方跑去。

解決完後，秋玨鬆了一口氣。

在繫褲腰帶的時候，秋玨忽覺氣氛不對，她輕輕的嗅了嗅，空氣中除了茅廁的臭味外，還有——

一陣妖風忽然颳起，片刻後，唯有掛在一旁的捲簾輕輕晃動……

「妖……」

雅間，裴清的雙眸微微瞇起，而後閉目察覺著周遭。果然，他家萌萌被擄去了。裴清揮袖而去，待小二端著菜品進屋時，迎接他的是空無一人。

「人……呢？」

小二眨了眨眼，上前拿起了放在桌上的銀兩，呢喃道：「這客人還真奇怪……」

※⊙※⊙※⊙※

秋玨有些想罵娘，擄走她的應該是豹妖，獵豹的速度本就快，別提還是個成了精的……跑到森林時，這隻豹子就開始氣喘吁吁了。

「歇……歇會兒。」

秋玨正被他緊緊的勒在胸前，她有些喘不上氣，不由得掙扎一下。

「別動！再動打死妳！」

半天，豹妖總算緩了過來，就在此時，豹子那敏感的鼻子嗅到了不屬於人類的氣息，他再仔細嗅了嗅，臉色瞬間變了。

——神仙？

——神仙怎麼會出現在這裡？

來不及多想，豹子用嘴叼住秋玨，彎腰開始刨坑，他刨坑的速度堪比跑步的速度，此時他一邊刨，一邊堵著後路。

「沒聽過……獵豹會刨坑啊……」

「我娘親是鼹鼠。」

CHAPTER

第三章

秋玨：「……」你的出生……還真是錯綜複雜呢。

七拐八拐後，鼠豹破洞而出。

濺起的灰塵髒了秋玨身上的衣服，秋玨閉著眼睛，待塵土散去後，才緩緩睜開。

這是一座破廟，月光傾瀉而進，藉著那微弱的光，她看到角落裡圍著幾個和她差不多大小的小孩兒。秋玨一眼掃去，竟看到了坐在最裡頭的子玥。

這個小傻子是怎麼被抓住的？

秋玨眨了眨眼，移開了視線。

「滾過去！」

鼠豹將她粗魯的往地上一扔，秋玨臉上閃過一陣戾氣，起身拍了拍衣服，乖乖的坐到了一邊。

「師妹，妳別怕，我會保護妳的。」子玥握住她的手，將她緊緊的環在自己懷裡，低語說：「師妹妳不知道，這是鼠豹妖，吸食童男童女的精氣用來修煉。師兄抓了他好久，奈何這廝速度快，打不過就挖坑跑，可討人厭呢。」

「那邊那個小鬼頭，給老子閉嘴！」

對方一個狠厲的眼神掃了過來，子玥抿了抿脣，不敢再說話了。

秋玨向來看不慣妖族，一群飛禽走獸，以為修煉成人、會幾個法術就可以無法無天了。

鼠豹妖透過破爛的窗戶打量著外面，見那仙沒追來，便鬆了一口氣。

「這破地方竟然也有上仙過來，還好老子運氣好。」鼠豹妖幻出人形，五官賊眉鼠眼，身形乾瘦，頗有壞人的氣場。

鼠豹妖摩拳擦掌，興奮的掃視著地上的幾個小孩兒，每當與他的視線對上，孩子們便發出一陣害怕的嗚咽。

「那麼……就從你開始好了。」

他所指的是……秋玨。

「嗚……我要回家！我要找爹娘！」

剛還冷靜的孩子們再也忍不住恐懼的情緒，他們顫抖著、哽咽著，彼此相擁著。

——吵死了。

秋玨一個眼刀甩了過去，「哭什麼哭，有什麼好哭的。」

眾小孩抽抽噎噎的看著她，秋玨一臉淡定，竟莫名讓他們冷靜不少。

「我不會允許你吃我小師妹的！」突然，子玥起身將秋玨護在身後。

「有趣。」鼠豹妖捋了捋小鬍子，一雙猥瑣的眼睛上下掃著子玥，嘿的一笑，「你這小胖子，年紀小小就學別人英雄護美……好咧，我就將你留在最後吃。」

說著，他張開銳利的雙爪，一把將子玥推倒在地，直向秋玨擒來。

秋玨雙眸平靜無波，黑色的瞳仁倒映著鼠豹妖扭曲可怕的五官。

鼠豹妖的身影刷的頓住，氣勢凝固間，他未在她臉上看到哪怕一絲的恐懼，相反，秋玨給他的感覺……很不好。

「呵。」秋玨輕笑一聲，緩緩站起身，伸手拍去沾在身上的塵土，「現在什麼小妖都敢出來了。」

鼠豹妖瞇起細長的眼睛，說：「小女娃，妳這是什麼意思？」

秋玨但笑不語，鼠豹妖這才發覺，這個小孩兒身上的氣息有些不對。

他臉色一變：「妳是……哪個門派的？」

「我們是浮玉宮的弟子，今日你若是敢傷我和師妹一絲一毫，我的師尊定不會饒你！」

浮玉宮……

鼠豹妖一張臉瞬間刷白，隨後又鎮定下來，冷哼道：「兩個臭小鬼，真當我是傻子？你說你們是浮玉宮的，那拿出證據，若拿不出來……」

子玥張了張嘴，他好像……真的證明不了他們是浮玉宮的弟子。

子玥現在後悔了，早知道就不去看什麼皮影戲了，不然也不會和師兄們走丟，更牽連了師妹……

「你如此這般，白麟可知道？」秋玨神色自若，在說起白麟時，語氣多了些許不屑。

鼠豹妖身子一僵，聲音顫抖：「妳……妳怎麼知道妖王的名號？妳到底是什麼人？」

妖王白麟，乃是妖界的掌管者。

過去六界之中，唯妖族弱小衰落，強大的魔族更是三番五次率軍攻打，就在妖族快滅族時，一個名為白麟的小少年出現了，他的出現拯救了整個妖族，並且統領眾妖，奪回領地。後來魔尊血剎被徒弟秋玨奪位，一代魔尊就此殞落。秋玨上位後，與妖王白麟訂了協議，妖魔兩道互不干涉，妖族不准踏入魔族領地，魔族也不會爭奪妖族地盤。就這樣，兩族百年的戰爭劃下句號。妖族逐漸平定後，妖王白麟也一直隱居在邪月宮。

「妖王？」秋玨冷笑，「他算什麼妖王，整日像隻耗子般縮在他那窄小的山門中，哦，叫他耗子王好了。」

「不准妳侮辱妖王！」鼠豹妖怒了，他剛要攻擊秋玨，忽覺身後不對，扭頭看去。

夜色中，男子仙姿秀逸，眉目出塵，清冷月光籠罩周身，縱使他一言不發，也能讓人感覺到他身上那強大的、令人窒息的氣勢。

這是——浮玉仙尊。

第四章 這些老道有點煩

鼠豹妖滿目驚懼的望著裴清，他本是想跑，奈何雙腳像被定在原地般，無法移動絲毫。

裴清的眼神落了過來。在對上裴清的雙眸時，鼠豹妖已怯得無法言喻。

「我只是片刻沒留神，便有人欺負我門下弟子。」他踱步而來，聲線清幽。

裴清先是看了看秋玨，又看了看一臉委屈的子玥，他斂起視線，不怒自威：「誰給你的膽子，嗯？」

單單是一個清淺的音，就讓鼠豹妖尿了褲子。他撲通一聲跪在地上，「仙、仙尊……」

「你們閉上眼睛，莫要睜眼。」

一群小孩瑟瑟發抖，他們輕輕點了點頭，聽話的閉上了眼睛，唯有秋玨瞪大一雙明眸，眸中毫無懼意。

「萌萌，聽話。」

秋玨想了想，轉過了身子。

裴清脣角一勾，眉眼染了笑意，再回頭，神色間盡是無情的漠然。

「仙尊……」

話音未落，裴清便抬起了手，那令人驚懼的氣勢鋪天蓋地般向他衝來，鼠豹妖張著嘴，一雙眼寫滿錯愕和惶恐。

一陣風吹過，只留一地細沙。

彈指間，魂飛魄散。

室內一片寂靜，月光幽幽，有的孩子小心的張開了眼睛，鼠豹妖已經不見了，他們緩緩從地上站起來，小心翼翼的打量著裴清。

「師尊——！」

此時子旻和門內弟子姍姍來遲。

「你們將這些孩子送回去，他們丟了這麼久，爹娘定是很憂心。」

子旻一愣，反應過來應了一聲是。

「還有，送回去的時候，莫要驚擾人家。」

子旻理解了裴清的意思，笑了笑，再次應了一聲。

凡間百姓向來熱情，若知曉他們救了他們失散的孩子，還不知怎麼感謝呢。而修仙之人向來不會應付這種場面，倒不如偷偷送回去，一走了之。

「那子玥？」

「子玥隨著我。」

「那麻煩師尊了。」

眾弟子行了禮，一人抱著一個孩子，離開破廟。

裴清上前戳了戳秋玨的頭頂，秋玨仰頭看他，表情有些呆萌。裴清心中一軟，一手拉了一個娃轉身離開。

回去的路上，子玥心有餘悸。

「師尊，您不知道，當時師妹可厲害了！」子玥向裴清吹噓著，「師妹一點都不怕，我都好怕好怕的。」

裴清閉目靜靜聽著。

嘮叨片刻，子玥忽地意識到什麼，閉上了嘴。他家師尊不喜歡別人嘰嘰喳喳，剛太得意忘形了，師尊會不會討厭他啊？

想到這些，子玥不禁焦慮起來。

「子玥也很厲害。」裴清突然開口說道。

子玥一愣，小臉上漾開一抹清淺的笑，他害羞的撓了撓頭，「沒……沒師妹厲害。」

秋珏翻了個白眼，這小孩子還真好騙，誇他一句就這麼開心。

「不過師妹，妳是怎麼知道妖王的啊？」

子玥話鋒一轉，秋珏眉心倏然一跳，不由得看向了裴清。她的眼神剛好對上他的視線，男子眸底一片深邃，讓人看不出在想什麼。

秋珏垂眸，她是被裴清撿來的，縱使裴清不問，但心中也會懷疑。畢竟凡間的小孩兒可沒有在五歲時就到了築基期，如今子玥這樣一問，恐怕……

秋玨斂去情緒，一臉天真的說道：「裴清的書上，有這個名字。說是什麼……統治妖界的妖王，裴清，妖王很厲害嗎？我本是想試試看，沒成想他真的怕了。」

裴清輕笑一聲：「沒萌萌厲害。」

說完，再未言語。

※⊙※⊙※⊙※

回到浮玉宮，子玥向二人道別，自行回到供弟子歇息的明心殿中。而裴清也將秋玨帶回了蒼梧殿。

抵達寢宮，秋玨將腳上的鞋子一甩，靈巧的爬上床榻。她很不開心，她有小情緒了，本是想著能吃到肉，可是……差點當了別人的點心！更讓人糟心的是，裴清會不會懷疑她……

「萌萌要睡了？」

「嗯……」秋玨無精打采的應了一聲，將腦袋埋在了被子裡。

「我帶了禮物給妳，要看嗎？」

「不看。」秋玨拒絕的甚是乾脆。

「這樣啊……」沉默片刻，他又說，「那這些……我就餵外頭那些鳥了。」

秋玨眨了眨眼，一把掀開了被子，一股肉香撲鼻而來，看著裴清手上那盤五花肉，秋玨眼睛都直了。

「你……」

「下來吃。」

裴清將盛著肉的盤子放在一邊的桌上，又從收納戒指中取出一雙銀製的筷子。

「你竟然真的買了……」秋玨吞嚥一口口水，手腳並用爬上凳子，迫不及待的夾了一筷子肉塞到了嘴裡。五花肉肥瘦相間，一咬，肉香滿遍口齒間。

好吃到掉牙了！！

「因為妳想吃。」裴清單手托著腮，靜靜的看著她。

他當時本來能追上那妖的，可半路上，裴清忽然想起秋玨想吃肉，若是沒買到，她定會難過。想著，裴清又折了回去。現在看著她滿足的小臉，裴清知道自己的決定是對的。

「那我要是想讓你死，你也會死嗎？」

裴清愣了愣，隨後緩緩起身。

秋玨嚼著五花肉，不明所以的望著裴清。

片刻，裴清拿好筆墨紙硯，他將紙張攤在桌上，又拿起了一旁的毛筆，蘸了墨，認真的在白色的紙張上落下幾個字。

秋玨好奇的看著，只見他寫的是——裴清已死。

「乖。」裴清將紙遞了過去，憐愛的摸了摸秋玨的頭。

嘴裡的五花肉立刻卡在了嗓子眼，秋玨一張小臉憋得通紅，裴清見此，將水杯送到她嘴邊，愛憐道：「慢點吃，沒人跟妳搶。」

裴清的腦子……真的沒啥問題？

他以前不是這樣的啊？或許是她當時沒注意？

想起曾經，她與裴清碰面時，裴清都不拿正眼瞧她；每次挑釁裴清，裴清要不四處看風景，要不一臉慈祥的看著遠處悠然漫步的兔子……

秋玨一直認為，在裴清眼裡，她都抵不過一隻兔子，莫不然，他當初真的只是在認真看兔子？

這個認知有點可怕……

「萌萌，現在能讓我活過來了嗎？」

「啊？」

裴清指了指紙上的字，「我死了好久了。」

秋玨臉色一黑，冷哼一聲：「麻煩你繼續死著吧！」

「……哦。」裴清長睫輕顫，淡漠的臉上竟浮現出些許委屈之意。

秋玨莫名有些心軟，抿了抿脣，「好了啦，你……你活過來吧。」

裴清眼睛一亮，喜孜孜的拿起毛筆，又在上面寫下——裴清還生。

「萌萌真善良。」

秋玨一愣，這才意識到自己剛才說了什麼，她不由得捂臉，完了，她的智商……也被裴老賊帶偏了。

裴清哄秋玨睡著後，起身出了蒼梧殿。

風清月朗之夜，植在蒼梧殿門口的火樹獨自散發著橘紅色的光，裴清站在樹下，他斂去溫和，身姿孤寂出塵。

「子霽拜見師尊，不知師尊所喚何事？」

裴清輕撫衣袖，輕聲道：「今日帶著萌萌前去凡間遊玩，出了岔子……」

「師尊是怕妖族的人來……」

「這倒不是。」

「那是？」

「萌萌說出了白麟的名字，按理說凡間的小孩兒是不可能接觸到妖族之王的。我撿到她那日，恰逢妖族禍亂，白麟出山，我懷疑萌萌和白麟有什麼淵源，所以想讓你去查一下。」

「這等小事就包在我身上吧，不過師尊……」子霽欲言又止，最終開口問道：「師尊是真的……想收養那個孩子？」

裴清的視線落在火樹上，點點火光在他眸中跳躍，那是他身上的……唯一光彩。

「她像一個人。」

「誰？」話一出口，子霽便懊惱起來，師尊的事他怎能多問。

「所想之人，所念之人，所……」所愛之人。

只可惜……造化弄人。

子霽估摸著裴清想到了往事，他沒有過問，小心告退。

裴清在樹下站了許久，秋玨也偷偷的看了許久。

裴老賊說她像一個人，像誰啊？

小情人？

不可能，就裴清這個腦子，不會有人看上他。

秋玨又看了裴清一眼，他像是要回去了，秋玨趕忙跑回寢宮，動作俐落的爬上床榻，閉上雙眸。

裴清來到床邊，伸手摸了摸秋玨的頭，又為她蓋緊被子，隨後轉身離開寢宮，估摸著是去打坐修煉了。

走，當下眾說紛紜。

※⊙※⊙※⊙※

裴清和秋玨並不知道，秋玨已成了仙界的紅人，秋玨被妖抓走又機智化解的消息不脛而

【洛元公：趕明兒，老夫一定要去浮玉宮拜訪！】

【韓雁上仙：羨慕，我也想要女兒！看看家裡的熊孩子，唉……】

【榮成上仙：所以你們最近有聽到魔頭消息嗎？】

【常義上仙：榮成上仙還惦記著仙池？】

【天虞仙子：我不相信裴清有了孩子！我不相信！】

【天元尊者：我也……想要女兒。】

【帝舜神君：你們死心吧，那孩子已被我幼弟欽定，日後是我龍澤的王后。】

【浮玉仙尊：滾。】

【……】

王不王后他們不知道，他們只知道帝舜已被裴清拒絕來往了。

CHAPTER

第四章

隔日，洛元公一早趕往了浮玉宮。

洛元公早已位列仙班，他和其他位列仙班的上仙很不同。洛元公喜愛熱鬧，又喜歡小孩兒，於是在古靈仙地建立了育仙苑，專門培養神仙的孩子。各路上仙也樂意替他捧場子，所以紛紛將自己的孩子送了過去。誰成想，洛元公教的還真是好。

「不知道洛元公找我何事？」裴清牽著秋玨接見了洛元公。

洛元公身材矮小，長得慈眉善目，仙風道骨。打裴清進門那一刻，洛元公就將注意力放在了秋玨身上。只看了那麼一眼，洛元公就對這個孩子喜歡得不行。

「這孩子是個修仙的奇才啊……」

一般的孩子最少六歲開始修煉，少說幾年才能到達築基期，可他看眼前的這個娃，估摸只有五歲，已然到達了築基期。

秋玨淡淡掃他一眼，自顧自的玩著裴清的衣袖。

不錯，不亢不卑，是個好苗子。

「先前聽聞了……令嫒的事，所以……」

裴清一聽，如臨大敵，伸手將秋玨護在身後，滿是警惕的望著洛元公。

洛元公一陣沉默。這……護犢子也不是這個護法吧？

「仙尊，老夫不是來和你搶女兒的。」

裴清淡然道：「你也搶不走。」

「……」

「還不知道令嬡如何稱呼？」

「姓裴，單名一個萌。」

「這名字好。」

「洛元公不必和我客套，若有什麼話，直接說罷。」

洛元公笑笑，直言不諱道：「實不相瞞，我想收裴萌為弟子，帶她去育仙苑與同齡的孩子一同修煉學習。你看如何？」

「不要！」裴清還未開口，秋玨便乾脆的拒絕了。

她才不要去什麼育仙苑呢！育仙苑這名字自是聽過，裡面窩了一群奶娃娃，她變小也就算了，如今還要和一群奶娃娃吃喝拉撒？開什麼玩笑！

「我不依！」秋玨拉扯裴清的衣袖，「這個白鬍子老道估計是看我可愛，心懷不軌想騙我，你別上當！」

——白鬍子老道？

——心懷不軌？

——騙她？！

洛元公有些不好了，柔聲的解釋著：「小女娃，妳可不能亂說話，我可是……」

「我管你是什麼。」秋玨翻了個白眼，打斷他的話，「反正我不喜歡你，隨你怎樣。」

還……隨你怎樣？

洛元公一口氣埂在心喉，有些不是滋味，可轉念一想，其他小孩子見他都畢恭畢敬的，只有秋玨這般膽大妄為，也算是真性情。

「萌萌，不得這般無禮。」裴清濃眉緊蹙，「向洛元公道歉。」

「呸！我才不會道歉呢！我本身不樂意和你來這裡，是你強擄我來的，如今還要讓我和一群熊孩子待在一塊，我才不要呢！」

裴清面色一沉，抬眸看向洛元公，「洛元公先請回吧，至於裴萌……隔日收拾好，我會親自將她帶去育仙苑的。」

裴清是喜歡裴萌，可他深知溺愛孩子就是害她，育仙苑的小孩兒都與她同齡，裡面的師資豐厚，是個適合培養孩子的好地方。

秋玨一聽，傻眼了，也惱了。

「裴清！你臭不要臉！」

「我說了我不去，你這是什麼意思？！」

「裴清！我詛咒你一輩子討不到婆娘！」

秋玨嘴皮子一張一合，各種髒話從她口中而出，其他的師兄們都聽傻了，這……這也太無法無天了吧！

洛元公看了看裴清，又看了看秋玨，他深知此地不宜長留，道別後匆匆離開。離開時，洛元公有些懷疑自己的決定到底是對還是錯。

人走了，秋玨繼續罵，她本是厭惡裴清，這些日子更是憋屈至極，那些所有不甘在此刻統統爆發。

裴清神色淡定，輕鬆的將她拎了起來，向蒼梧殿走去。

「裴老賊，裴垃圾！」

「臭流氓，討厭你！」

「你醜到讓我嘔吐，嘔——」

到了蒼梧殿，裴清將她輕輕放在床上，隨後眼睛眨也不眨的盯著她。秋玨被盯得心慌，不由得住了嘴。裴清將她翻了過來，一巴掌打在了她圓滾滾的屁股上。

秋玨懵了。

她活這麼大，從來沒被人打過屁股。

裴清面無表情，又朝她屁股打了一巴掌。

秋玨咬了咬牙，一個幽冥火咒甩了過去，可她那點小火球，還沒碰上裴清就被輕鬆化解了。她之前就打不過裴老賊，現在變小更是打不過裴老賊。秋玨委屈，可說不出。她癟了癟嘴，沒忍住，哭了。

——萌萌哭起來也可愛～～～

——不對，現在正在教訓小孩兒，嚴肅點。

裴清輕咳一聲，將她再次拎了起來，「還敢嗎？」

秋玨只是哭，不說話。

「說話，還敢再出言不遜嗎？」

「你……你打我，你打我就算了，你還打我屁股！」秋玨抹著眼淚控訴著。

「……」

——好像……有點可憐……

女孩子臉皮薄，今天這般打她，肯定讓她無法接受。可若是不教訓她，她可能會一直無法無天下去，等長大了，還不知囂張跋扈成什麼樣。

「妳若是不認錯，我還打妳。」

秋玨抽了抽鼻子，雙脣緊抿不說話。

沒想到這小丫頭還挺固執的。裴清雙眸閃過一絲笑意，伸手作勢還要打。

秋玨嚇得身子一抖，急忙捂住屁股，聲音吼得有些破音：「我錯了，你別打我！」

裴清的手輕飄飄的落在秋玨臉上，為她拂去眼角的淚水，隨後又從收納戒指裡取出一袋肉乾。他將肉乾送了過去，「吃吧。」

秋玨抽抽噎噎的看著肉乾，是誰給裴清自信，讓他認為一袋牛肉乾就能收買她？她是那麼沒有原則的人嗎？！

沒錯！她就是那麼沒有原則的人！

秋玨奪過肉乾，緊緊抱在了懷裡。

「吃吧，吃完了，我們明天就去找洛元公賠禮道歉。」

「我不要！」

「嗯？」

「我說我不去。」

「是嗎……」裴清沉思片刻，長臂一勾，輕而易舉的將肉乾奪去，「那妳不要吃了。」

「你……」秋玨咬了咬牙，「你厚顏無恥！」

他瞇了瞇眼，「妳再說一次？」

秋玨下意識的捂住屁股，後退幾步，不再敢動。

「去還是不去？」他又問。

秋玨怎麼可能想去，可要是回答不，裴老賊肯定打她，還不給她飯吃！她的命怎麼這麼苦，大人的時候被他欺負，變小了還是被他欺負，這日子真是沒法過了！

秋玨點點頭，委屈道：「去。」

裴清淺笑著摸了摸她的頭，「萌萌乖。」

呸！等她恢復了，看她怎麼收拾裴老賊！大丈夫能屈能伸，秋玨想得很開。

「肉乾呢？」

「給。」裴清將肉乾重新遞了過去，古人誠不欺他，小孩兒可真好哄。

※⊙※⊙※⊙※

隔日，秋玨一身水綠襦裙，被裴清生拉硬扯的帶去了育仙苑。

古靈山地靈人傑，背靠崑崙，山中仙氣濃郁，藏有各種靈獸。此地靈氣厚蘊，正是修煉的寶地，而育仙苑便建立在古靈山最裡端。

這個時辰學生們正在上課。裴清的到來讓育仙苑的仙童和仙長們一陣譁然。

「我來拜訪洛元公。」

「洛元公正在真元殿打坐，仙尊請隨我來。」仙童小心的看了秋玨一眼，隨後匆匆移開目光。

仙童已事先通報過了，遠遠的，他們就看到洛元公等在門外。

秋玨哼了一聲，抽出了被他緊握的手。

「一會兒知道怎麼說嗎？」

「萌萌……」裴清的聲音帶了些警告的意味。

秋玨癟了癟嘴，又乖乖的拉住了他的食指。

「叨擾了，洛元公。」

「快請上座。」洛元公看向秋玨，見她滿臉不樂意，想來是被逼而來。

「不必客氣。」裴清推了推秋玨的肩膀，「萌萌……」

秋玨眼珠子轉了轉，惡念從心起，她笑了笑上前幾步，看了看裴清，又看了看洛元公。她先對洛元公行了一禮，畢恭畢敬道：「昨日無意頂撞了洛元公，還望洛元公海涵，莫要怪罪與我。」

她說起話來糯糯的，乖巧可愛得不得了。

洛元公好說也活了這麼多年，怎麼會和一個小女娃計較，他上前笑咪咪的扶起秋玨，正開口道：「真……」乖那個字還沒說出口，洛元公就覺得有些熱，低頭一看，眼珠子差點沒掉下來。

他的鬍子——著火了！

這鬍子少說留了百年，如今這麼一燒，洛元公當下慌了手腳，一時之間忘了如何反應。

裴清甩過去一個清靈咒，再看秋玨，早就跑出去搗亂了。裴清雙眸一沉，神色駭人。

「鬍……鬍子還在嗎？」洛元公哭喪著一張臉，看向了一旁的仙童。

仙童眨巴眨巴眼睛，視線瞟到了他下巴處，「還……還有一丟丟。」

「一丟丟……是多少？」

仙童伸手比了比，「指甲蓋……這麼一丟丟。」

「嗝——」

上了年紀的洛元公沒承受住，一口氣憋在喉頭沒上來。

「啊呀！師傅，您怎麼了？！您撐住啊師傅！」

除非吃錯藥，不然秋玨才不會乖乖道歉呢，尤其對象還是她最厭惡的神仙。

秋玨跑得很歡，想起剛才的事又是一陣得意，現在她修為淺，只會一個幽冥火咒，不然來個大的，直接燒死那個老東西。

就在秋玨洋洋得意時，一不留神撞上了一個人的大腿。秋玨被撞得後退幾步，一屁股跌坐在地上。

「走路不長眼啊？」秋玨捂著腦袋，齜牙咧嘴的從地上爬了起來。

對方不語，上前幾步提著她的衣領將她從地上拎了起來。

這感覺……有些熟悉啊。

秋玨抬頭一看，果不其然是裴清。

「裴萌。」清淺的兩個字自他口中而出，淡然沒些許感情。

秋玨身子一抖，竟有些怕。

她以前就怕裴清，裴清這人看著像是一根木頭，實則心裡一肚子壞水，發起脾氣來比誰都嚇人。她以為自己入了魔道，成了魔王就不會怕他，可她錯了，到今天，她的骨子還留有對他的恐懼。

「你還要打我？」秋玨脖子一梗，放聲道：「來啊，打啊，有本事就打我，你不打我，你就是孬種！」

「我不打妳。」裴清將她抱在懷裡，「從帶妳回來的那一刻，我就將妳視為己出。凡間有一句話，子不教，父之過。如今妳做了錯事，我也有責任。」

秋玨不以為然：「你裝什麼大尾巴狼，你別以為我不知道你想做什麼！」

「妳若知道，今日妳便不會使我難堪。」

秋玨被堵得無話可說，雙手摟住他脖子，默不作聲的將頭靠在了他肩上。

裴清環視一圈，學堂裡的那些孩子正趴在窗前看著他，在觸上他視線時，又怯生生的躲開。裴清在心裡嘆了一口氣，現在多希望秋玨也怕他，不然也不會搞出這麼多亂子。

「待會兒好好道歉，妳要是再做出失禮的事，就別怪我不客氣了。」

秋玨沉默，權當沒聽見。

裴清伸手在她腰上狠狠一擰，銳聲道：「聽見沒？」

疼！

秋玨眼中泛起淚花，連連點頭，「聽……聽見了，你別掐我。」

回到真元殿，洛元公正癱在椅子上，裴清將秋玨放下，最先上前，「洛元公，我為小女的無禮向你致歉。」

「仙尊可折煞我了，小孩兒不懂事，莫要怪她，只是心疼我的鬍子。」洛元公摸了摸下巴，只有一個燒焦的尖兒了。嘤，他不活了，真沒法見那些老友了，更沒辦法參加長鬍子大賽了。

「噗——」

秋玨剛要笑，裴清的眼神便輕飄飄的甩了過來，她趕忙捂住嘴，不敢造次。

「去道歉。」裴清將秋玨推了上前。

秋玨彎了彎眼，脆著聲音：「對不起，洛元公，請你原諒我。」

反正她壞事都做了，說句對不起又不會掉塊肉，這下洛元公應該不會再想著收她為弟子了吧？

洛元公緩緩起身，語氣虛弱道：「裴清仙尊，不知先前的話還作不作數？」

「洛元公指的是？」

「將令嫒託付給我。」

秋玨眼睛頓時瞪大，她仰頭望向裴清，卻見裴清雙眸帶著笑意。

「如若洛元公不改變主意，那麼我自是會將萌萌安心託付給你。」

秋玨忍不住想爆粗口了，他們神仙……都是被虐狂吧？

※⊙※⊙※⊙※

帶著悶悶不樂的秋玨回了浮玉山，將她放在蒼梧殿之後，裴清轉而走了出去。

「你去哪裡啊？」秋玨趕忙追上去，問道。

裴清道：「去找子霽，有事商談。」

「那我明天……」

「明天我會送妳去育仙苑。」裴清語氣堅定，不容拒絕。

秋玨嘟了嘟嘴，用腳尖踢了踢腳下的小石子，語氣哀怨：「人家不想去～」

「撒嬌也沒用。」裴清別開頭不看她，就怕忍不住答應了她的所有請求。

CHAPTER

第四章

秋玨鼓了鼓腮幫，氣衝衝的跑進了寢宮中。

——脾氣還挺大。

裴清無奈搖頭，轉而離開。

說是去找子霽，實則是去看愛寵腓腓，近日秋玨讓他煩心得很，他都好久沒去密月林看腓腓了，也不知那小傢伙悶不悶。裴清心中掛念，不由得加快了步伐。很快到了密月林，一開結界，腓腓便從裡面撲到了他懷裡。

「啾咪～」腓腓是一隻頗有靈性的神獸，老遠就感覺到了主人的氣息，於是早早的候在門口。

「出來玩。」裴清將腓腓抱出來席地而坐，自懷間掏出一包玉漿果來，這東西產自崑崙山上，是腓腓最喜愛的食物。

腓腓晃了晃尾巴，抱著果子開心的啃了起來。

裴清眉眼柔和，伸手摸了摸牠毛茸茸的耳朵。腓腓抖了抖耳朵，又將頭湊過去，主動蹭了蹭他的掌心。吃完了，腓腓四處蹦蹦跳跳撲著蝴蝶，一陣子後許是累了，扭頭跳過來窩在了裴清懷裡。

另外一邊，裴清剛走沒多久，子霽便過來了。

「師尊……不在嗎？」

要進門的秋玨腳步一頓，詫然的看向子霽。

「你有事？」

「是有事拜見師尊，若他不在，我稍後再來。」

秋玨靈機一動，道：「他出去了，你若是有什麼事，可以先和我說，我再轉告他。」

她嚴肅認真的模樣逗笑了子霽，子霽彎腰摸了摸她的頭，「這就不必了，待師尊回來，我會親自和他說。」

這小子還挺嚴謹的，說來裴老賊竟然敢騙她，她就知道十個面癱九個渣，還有一個欠仇殺。裴老賊肯定是騙別的小姑娘去了，要不就是四處快活，真是一個垃圾！

子霽見她沉默，以為她在思念裴清，當下安慰道：「師尊應該是有急事，妳若是怕，可以隨我去霓霞堂，師兄弟們都在那裡呢。」

「不去。」

「這樣啊……」沉思片刻，子霽掏出一袋乾果遞上前，「給妳。」

秋玨接過，變小還是有好處的，時不時有人投餵點什麼，她還挺享受的。

「那我先告辭了，妳切莫亂跑，若是掉到什麼山腳旮旯，那就不妙了。」

囑咐一番後，子霽離開了蒼梧殿。回想秋玨那張可愛的小臉，心中頓生感慨，如果所查之事屬實，那麼這個小姑娘就太可憐了……

子霽走後，秋玨坐在門口一邊吃著乾果，一邊等著裴清回來。在乾果還剩一小半時，她看到了裴清的身影。

那人形單影隻，正緩緩向她走來。

「怎麼坐在這裡？」

「等你回來。」

等……等他回來？

驚喜來得太突然，讓人無從反應。

秋玨吮了吮手指，將乾果揣到懷裡，說：「子霽來找過你。」

「說什麼？」

還說什麼？

這也太淡定了吧？！

秋玨氣不打一處來，從地上站起來，上前一腳踹在了裴清的小腿肚上，怒道：「你這個大騙子！騙我去找子霽，其實你是去找漂亮的小姑娘了吧？！」

裴清有些迷茫的看向秋玨，隨後雙手穿過秋玨腋下，將她輕鬆的舉了起來，直視著秋玨問道：「誰和妳說……我去找漂亮的小姑娘？」

「你就別裝假清高、假正經了，你若不是去找漂亮的小姑娘，那你就是去找漂亮的小哥哥了，大騙子！」

漂亮的……小哥哥？

天地可鑒啊！

在沒有撿到她之前，他都懶得下山，他是很受九重天上的那些仙女喜歡，也有一些……修道的小道士喜歡他，可裴清對此絕無想法！

萌萌為什麼會認為他去找漂亮的小姑娘？難不成……裴清靈光一閃，笑了。

「萌萌……是怕我給妳找個娘親？」

秋玨呼吸一窒，不由得瞪大眼睛，「哈？」

裴清笑容更是溫和，他將她舉高高，顛了幾下，「萌萌放心，我絕對不會……給妳找娘親，也不會再給你找一個爹爹的。」

秋玨眉心狠狠一抽，所有的脾氣在此刻統統化成了濃濃的無力。

「腦子是個好東西。」

「我有。」裴清接話，「我此生，只有萌萌一人就夠了。」

秋玨心臟猛然一縮，耳根有些熱，這話聽著……怎麼那麼不對味呢～

完了，這下她徹底沒脾氣了。

不過……

「我不是那麼好騙的，你到底去哪裡了？」

裴清身子一僵，默不作聲的將她放到地上，隨後淡定自若的向寢宮走去。

「你別假裝沒聽見！」

「我去山下餵鳥了，妳不是不喜歡那些嗎？所以沒告訴妳。」

肯定有鬼。

可秋玨也不是一個好奇心旺盛的，她哼了一聲，沒再糾纏此問題。

進屋後，秋玨扯了扯裴清的袖子，「我明天……」

「必須去！」

秋玨：「……」

——裴垃圾這個智障！早晚弄死你！

※⊙※⊙※⊙※

翌日，不管秋玨樂不樂意，這育仙苑她是去定了。

裴清替她梳了兩個可愛的團子頭，又不顧秋玨反對，為她換上了一身可愛的白粉色小裙子，最後拿了一顆蘋果塞在她懷裡，這才出發。

抵達育仙苑後，在門口遇到不少送自家孩子的上仙。眾上仙在看到裴清時還以為自己眼花了，再定睛一看，可不就是裴清！

「仙尊這是……」

裴清神色淡漠，道：「送孩子。」

大概是修仙修傻了，他們竟然聽到裴清來送孩子上學！

裴清雙眸掃過，語氣淡淡：「不行嗎？」

「……」

——行行行，你厲害，你說啥都行。

眾仙看向秋玨，小姑娘抱了一顆蘋果，模樣乖巧，實屬憐人。

「令嬡……長得真可愛。」

一聽這話，裴清瞬間笑了，語氣也柔和不少：「嗯，是很可愛。」

「……」

——這還真是……不謙虛呢。

「走吧，我們進去了。」

目送裴清離去的背影，所有上仙不約而同拿出了玄光鏡。

【震驚！裴清仙尊送女兒來育仙苑了！所以孩子她娘到底是誰？！】

育仙苑由四大書院組成，分別是青龍、白虎、朱雀、玄武，其中青龍書院的孩子資質最高，而玄武書院最低，裡面孩子的年齡也最小。洛元公準備將秋玨分往無虛真人所管轄的白虎書院中。

當裴清帶著秋玨進門時，秋玨立刻感覺到一雙眼睛陰惻惻的看著她，順著視線望去，她對上了一雙銳利的鷹眼。此眸的主人正是無虛真人。

無虛真人性格怪異，為人嚴謹，其書院中的學生也都沉默寡言，不好相處。洛元公想的是，秋玨聰慧卻調皮搗蛋，剛好放到白虎書院，讓無虛真人好好管教管教。

無虛真人收回視線，看向裴清，「裴清仙尊，真是好久不見了。」

「是有些日子了。」裴清領著秋玨坐在上位，「對了，這是小女裴萌。萌萌，去和真人問好。」

秋玨不以為然，自顧自的玩著自個兒的手指頭。

「真人別介意，這孩子害羞。」

裴清話音剛落，秋玨便上前行了一禮：「無虛真人好。」

裴清神色自然道：「叛逆心理。」

「以後萌萌就交由無虛真人所管了，仙尊若是覺得不妥，大可……」

「老夫倒是覺得有些不妥。」無虛真人打斷了洛元公的話，「自育仙苑創辦以來，所有學生都經歷過嚴謹的考核才得以入學，再由他們的能力決定所在的書院。這突然打破以往的規矩，是不是對其他學生不太公平？」

無虛真人這是在嘲諷秋玨走後門呢。

「無虛真人，這丫頭我之前考核過了，是個不錯的苗子。」

「入我書院，就要由我說了算。」

無虛真人是出了名的倔脾氣，洛元公也沒了法子，不由得看向裴清。他們之前說得好好的，若是惹惱裴清，後果真是不敢想像。

裴清抿了一口茶，「那，無虛真人想要怎麼辦？」

「很簡單。」無虛真人捋了捋鬍子，瞥了一眼秋玨，卻見她還在玩自己的手指頭，不由得冷哼一聲，斂起視線，「只要她過了白虎書院的考試，那麼我自然樂意細心教她；若是過不了，那就抱歉了。」

裴清清淺一笑，「有趣……」他說：「那就考罷。」

——考……

秋玨詫異抬頭。

——考個屁啊！

可轉念一想，到時候她故意考差不就好了？這樣就能光明正大不用上學了。太機智了！

秋玨拉了拉裴清的衣袖，道：「我考。」

此刻她的大眼睛中寫滿興奮和「我有陰謀」四個大字，裴清立刻察覺出這小姑娘會不按牌理出牌。

「那我們就開始了？」

「開始開始。」秋玨應得歡快，「快開始！」

無虛真人冷哼一聲，率先出了院子，幾人趕忙跟上。只見院子中央，一個淺色漩渦靜靜浮在半空，無虛真人站在漩渦前，他轉頭看向幾人說明道：「此為雲圖幻境，只要通過裡面的歷練，在下便收她為弟子。」

「這是幹嘛的？」

無虛真人瞟了她一眼，語氣嘲諷：「要是告訴妳，我還考什麼？」

這老頭子還挺精明的，不過對她來說沒差，考好難，考差還不容易？

「妳準備好了嗎？」

「嗯。」秋玨點頭，「那我進去了。」

秋玒理了理衣領，昂首闊步的走上前，可是……她面臨一個困難，她這個矮個子壓根搆不到那個漩渦的邊啊！

裴清忍俊不禁，上前抱起她，將她送了進去。

待秋玒進去後，漩渦轉換為一幅大型的畫卷，畫卷中浮現出秋玒的樣子。

「雲圖幻境考的是學生的綜合能力，一個學生的好與壞，優點與缺點，都將在其中完整的呈現出來。」洛元公滿目期待的望著畫卷中的秋玒，「不知道小丫頭會怎麼表現。」

怎麼表現？

秋玒能怎麼表現？

她首先不知道這玩意是個啥，也不明白那個老頭賣的什麼關子，所以秋玒決定——什麼也不做！本座就窩在樹下乘涼，任誰來了也不開口，任發生什麼也不管，看你們能怎麼樣？

想著，秋玒盤腿坐在樹下，啃起了臨走時裴清塞給她的蘋果。

「小丫頭心還挺大。」洛元公笑出了聲，「裴清仙尊，這丫頭你到底是從哪裡弄來的？真有意思。」

裴清脣角瞬間下撇，眉頭緊蹙，言語間有些不快：「她叫裴萌，不是什麼小丫頭。」

洛元公愣了愣，乾巴巴的笑了幾聲，沒再開口。

雲圖中的秋玨啃完了一個蘋果，她伸了個懶腰，隨意的躺在地上。

就在此時，遠處傳來一陣怪物的嘶吼，秋玨掀了掀眼皮，只見一頭黑色巨虎張著血盆大口向她衝來。

這個……考的是啥？

秋玨想了想，明白了，這絕對考的是學生的勇氣和反抗精神！

——偏不！本座偏不反抗，本座偏要當逃兵！

於是秋玨三下兩下爬到樹上，小手抱緊樹幹，朝巨虎吐了吐舌頭。在她挑釁完後，巨虎化成金光，消散成空。

看這情況是失敗了。

秋玨嘿嘿一笑，從樹上跳了下來。

「小姐姐，要一起玩嗎？」

一個小男孩突然出現，小男孩長得白白嫩嫩，甚是可愛，唯有不足的是，他左腿殘缺。

秋玨眨了眨眼睛，如果剛才考的是勇氣和反抗精神的話……那麼這個考的一定是學生的包容心和善心！

沒錯，肯定是這樣！

——偏不！本座偏不善心，本座就喜歡欺負小孩子！

秋玨冷笑一聲，一把將小男孩推倒在地，還狠狠的在小男孩的左腿上踩了幾腳，踩完了還嫌不過癮，又幻化出一枝筆往他臉上畫了隻烏龜。小男孩哀號著，身影逐漸透明。

可以的，她這關成功的拿了零分。

勝利在望了！

懷著喜悅的心情，秋玨靜靜等待著下一個考驗的來臨。

就在此時，大地開始晃動。一道深淵自面前裂開，地面晃動的越來越厲害，身後的大樹早已塌陷泥土中，秋玨不明所以的眨了眨眼，這是……要考什麼？她環視周圍，再看看眼前的懸崖，秋玨懂了。

這是考核學生們的反應力和求生能力啊！

——偏不！本座偏不求生！本座就要死！

想著，秋玨毅然決然的跳下深淵。半空中，她的衣衫被樹枝勾住，細嫩的樹枝化成鳥，將她平放在地面。

總感覺……有哪裡不對啊？

放下後，她的面前又出現一張考卷，白色的紙張上寫有幾道考題。秋玨冷笑一聲，這個她是輸劵在握啊！於是將考卷一翻，她躺在地上睡了過去。

奈何秋玨剛閉眼，就從幻境中掉了出來，她穩穩當當落在裴清懷裡，再看裴清衝她笑得滿目溫和。

「考完了？」

裴清將她小心的放在地上，「嗯，考完了。」

「太好了，那我們可以回去了。」

秋玨拉著裴清的手指就要往回走，可拉了半天，她的步子都沒有邁動。秋玨困惑回頭，卻見裴清站在原地，淺笑盈盈的望著她。

秋玨心中驟然生出一種不好的感覺，「你……你笑什麼？」

「不愧是裴清仙尊的孩子啊，聰慧過人得很。」洛元公大笑了幾聲，看著她的眼神滿是讚揚。

秋玨有些懵了，「啊？」

只聽洛元公說：「意思就是妳考試通過了。」

「嗝……」不知是嚇得還是撐得，秋玨打起了嗝，「哈？嗝……啥？嗝……」

第五章 這隻屁孩有點白目

無虛真人抽了抽嘴角，他縱使對秋玨不滿，可也要信守承諾，「那直接去書院吧。仙尊放心，我定會好好教導令嫒的。」

「那就最好不過了。」

「等等……嗝，我……為什麼過了？」

不應該啊！她都那樣了！怎麼可能過！

「妳剛開始進去，小心謹慎，以不變制萬變，表現得非常沉穩。」

秋玨沉默一會兒，然後大聲反駁：「可面對老虎的時候，我逃跑了！」

洛元公答：「妳逃跑是正確的選擇，當面對比自己強大的對手時，不可逞匹夫之勇，那只會有害無利。妳要知道，逃跑，也是一種勇氣。」

秋玨：「……」

說好的勇氣和反抗精神呢？

「那……小男孩？」

「人不可以貌取人，往往最無害的，實則是最危險的。沒想到妳小小年紀，就輕易察覺出他左腿的玄機，之前的學生可沒有妳這般觀察力啊。」

玄機？

什麼玄機？！

她不知道什麼玄機！

說好的包容心和善心呢？！

秋玨不死心的繼續問道：「懸崖呢？！」她都決定自殺了，這個總會……

洛元公捋了捋鬍子，又道：「縱使陷入絕境，也不能放棄希望。與其在原地躊躇不定，不如殊死一搏，也許……那是生路呢。」說罷，洛元公仰天大笑。

「我還交了空白卷子！」她不相信自己連一個零分都沒拿到！

洛元公看著她的眼神更加讚揚了，「那考卷是妳心頭的卷子，答案自然在妳心裡，孰是孰非，是真是假，妳自有判定，無虛向他人作答。」

秋玨：「……哈？」

——不是很懂你們修仙的，這……這在我們魔道，壓根就沒有這種說法，跳懸崖就是跳懸崖！幹壞事就是幹壞事！哪有那麼多彎彎繞繞。

秋玨呆若木雞，她知道，她被自己套路了。

「萌萌，幹得不錯。」裴清拍了拍她的肩膀，補刀道：「我還以為……妳會因為不想入學而故意搗亂呢。」

——不，不是你以為，我就是那樣想的！

「那麼我走了，萌萌要好好和書院的人相處。」說著，裴清輕輕將秋玨推到了無虛真人那邊。

秋玨有些委屈的看著他的背影，「我不……」

裴清不忍心看她的小眼神，離別總是傷痛的，孩子早晚要長大，早晚要展翅飛翔，不如早些放手，讓他們快點成長。

裴清嘆了一口氣，匆匆消失在了眾人眼前。

※⊙※⊙※⊙※

回浮玉宮的途中，裴清按捺不住喜悅的心情，在玄光鏡上發了一條消息。

【浮玉仙尊：萌萌輕輕鬆鬆就過了雲圖幻境，可這遠遠不夠，為父希望妳快點成長為優秀的大人。】

此消息一出，各路上仙又炸了。

——這……這分明是炫耀吧？！

——真沒想到你是這樣的浮玉仙尊……

話是這樣說，但面子還是要給的，於是一群上仙紛紛阿諛奉承著。

【仙尊的女兒真是優秀啊。】

CHAPTER

第五章

【犬子和令嬡一比，唉，真是一隻烏鴉，一隻鳳凰。】

【還是裴清仙尊教得好。】

嗯，別說……雖然他知道他們在拍馬屁，可這感覺……還真是好啊！

神清氣爽的裴清低頭繼續看著，突然，他的感覺不是很好了。

【帝舜神君：不愧是我弟媳。】

臨近浮玉宮，裴清忽覺一股不祥之氣撲面而來。當看到浮玉山那被破壞的結界時，裴清明白了。

帝舜來了。

「師尊，我們……我們攔不住帝舜神君。」剛進門，弟子便跌跌撞撞的撲上前來。

「他在哪裡？」

「正殿。」一弟子道，「帝舜神君把大師兄當成了您，鬧了好一會兒呢。」

裴清哼了一聲，加快步伐。

正殿，帝舜神君大大咧咧的坐在主位，察覺到有人進門，帝舜神君睜開了那雙燦色的雙眸，他眸中滿是迷茫，顯然在糾結到底誰是裴清。

見此，裴清更是看他不順眼。

「你們是怎麼辦事的？我再三囑託，閒雜人等不可接近我浮玉山，尤其是**某種生物**。」

裴清刻意加重最後那四字，帝舜眼中的迷茫散去，想必是認出他來。

小弟子唯唯諾諾站在一旁，不敢多嘴。

裴清拂了拂衣袖，緩緩上前，道：「帝舜，那是我的位置。」

「都是一家人，坐坐也不礙事。」

裴清臉色一黑：誰和你一家人？臭不要臉。

「把萌萌送去洛元公那裡了？」帝舜神君轉開話題，語氣熟絡。

裴清聲線微涼：「與你無關。」

帝舜神君好脾氣一笑，「是與我無關，不過與和明和萌萌有關。」

一聽此話，裴清惱意更重：「與你們整個龍族都無關！」

帝舜與裴清相識多年，哪看過裴清現在這個樣子。帝舜強斂笑意，緩緩起身，「既然如此，我只能離開了。對了——」帝舜又說：「我單方面決定萌萌是我龍族未來的王后，至於仙尊接不接受，那就是你的事了。」

眼看裴清要發火，帝舜趕忙化為龍形，駕霧離開。遠遠的，裴清聽到帝舜那叫囂般的聲音：「還有，聘禮放在你正門前了，待會兒記得拿。」

裴清雙眸一銳，無法壓抑的氣勢傾瀉而出，只聽卡嚓卡嚓幾聲，正殿兩旁的柱子裂開了無數細縫。弟子心中一驚，顫著雙腿跑出殿外。

「師尊，這似乎是帝舜神君留下的。」

此時，浮玉宮的兩名小弟子抬著三個沉甸甸的紅箱子進了門，剛跑出去的那位小徒弟大驚失色，朝他們連連擺手，兩人有些茫然，再看裴清……

那眼神，是要吃人啊！

「師……師尊……」

「放那裡。」裴清語氣平靜，「你們出去。」

師尊顯然不對勁啊！

他們著急忙慌的放下箱子，頭也不回的跑開，沒跑幾步，就聽後頭傳來了幾聲巨響，幾人不敢回頭，只是加快了腳下的步伐。

他家萌萌那麼可愛，才不會給別人呢！

裴清眸光涼涼的瞥過地上的碎片，發洩完了，還不忘修好被自己震裂的柱子。

「子霽叩見師尊。師尊囑託的事，子霽已經辦好了。」

「把門關上。」

「是。」子霽轉身去關門，在看到地上那無數的紅色碎片時，差不多已經知道剛才發生什麼事了。

帝舜神君性格孤傲，為人囂張乖戾，平日很看不慣仙界的那些神仙，也不喜歡和他們相處。後來遇上裴清，他發現這個神仙和那些仙完全不一樣，便三天兩頭來纏著自家師尊。裴清被纏得甚是苦惱，有次還躲到了幽禁之地。帝舜神君逗弄他們家師尊就算了，沒成想這次還看上了師尊好不容易得到的裴萌，要他他也氣！

合上的門阻擋了日光，也阻擋了弟子們好奇的眼神。

裴清一揮衣袖，數盞香燭接連點亮。那昏黃的光為這偌大的正殿平添了些許溫暖，也在他身上鍍了淺淺的金紗。

師尊竟有些人情味了。

子霽想著，不忘說正事：「如若我查的屬實，那麼師妹的身分可不一般。」

「何解？」

「在師尊找到師妹的那天，正是妖王下山之日，清泉村的幾十口人命，也應該是妖王所為。之前我特意去了一趟陰司宗，陰司宗的人說，村子並沒有師妹這個人。再看村落方圓百里都是森林深山，一個小孩兒怎麼能得以生存？」見裴清神色微沉，他又說：「再者，師妹資質不凡，甚至還會魔道的法術，所以我懷疑師妹是被妖王特意帶出來的。」

「妖王白麟本是魔教弟子，因觸犯教中律法，被魔教教主驅出魔界。然後，白麟入了妖族。大概是六年前，白麟去了人間，並且和一人類女子有過糾纏，後來白麟離開，他走後沒多久，女子便和他人成親，誕下一女；再後來女子因意外去世，那個孩子也不知所蹤……」

「若師妹真是白麟的女兒，那麼她知道白麟的名字，會魔道法術，也就不奇怪了。至於白麟為何出現在那裡，又為何將她拋下，就不得而知了。」

「師尊……」子霽小心開口，「要把萌萌還回去嗎？」

說罷，子霽靜靜觀察著自家師尊的臉色。

裴清的神色始終不變，片刻，他顫了顫雙睫，聲線清冷如暗夜裡的幽潭深水，「為何要還回去？」

「呃……」

「若白麟真的待萌萌好，萌萌怎會不提他一個字？再說了……」裴清嘲弄一笑，「你說那女子後來和他人成親，白麟被戴了綠帽也說不定。」

「……」他家師尊……真是有特殊的自我安慰技巧啊。

裴清又開始想裴萌了，怪不得她年紀小小便那般的成熟謹慎，想必在妖族受了不少的委屈。可他之前還打她……

裴清想想就自責得不行。

「子霽，小女孩兒都喜歡什麼？」

裴清話題一轉，子霽微怔，半晌苦著臉道：「師尊……我沒心上人，更沒有女兒。」所以他怎麼知道女孩兒喜歡什麼！這不是為難人嗎？！

裴清悠悠的看他一眼，那眼神……似乎含著隱隱的鄙視之意。

※⊙※⊙※⊙※

此時，另外一塊區域的妖族境內——

妖夜殿內，火光清幽。

放在桌上的夜燼花已快凋零。夜燼花如它的名字般，於夜色中綻放，又很快化成灰燼。每當它要凋零時，窩在榻上的白麟便用自身妖力將之復原，周而復始。

鼻尖忽然有些發酸，他精緻的眉頭微蹙，白潤如玉的修長手指輕輕捏了捏鼻子，這下舒暢了。

白麟剛舒展開眉頭，一個噴嚏便打了出來。

這是誰在念叨他？

※⊙※⊙※⊙※

「從此裴萌就是大家的同門了。裴萌，來打個招呼。」

CHAPTER

第五章

白虎書院的弟子大多都比她大上幾歲，此時眾人滿目好奇的打量著秋玨。秋玨生得白皙可愛，站那不說話時活像一尊細緻的瓷娃娃，一看就好欺負。

秋玨哼了一聲，沒有說話。

無虛真人皺了皺眉，也沒有勉強，說道：「裴萌，妳坐在元鳴前面。元鳴，舉個手。」叫做元鳴的男孩懶洋洋的舉了舉手，看著秋玨的眼神滿是戲謔之意。

「竟然挨著元鳴，真可憐……」

「又要被元鳴欺負走了，唉。」

「她看著比我們小，肯定好欺負。」

「……」

竊竊私語聲不斷傳來，無虛真人不耐煩的用摺扇拍了拍桌子，「安靜！」

秋玨無精打采的坐在書桌前，再看到周圍人看她的眼神滿是憐憫，秋玨眉頭一皺，沒有理會。

上位的無虛真人嘴巴一張一合，一個個冷冰冰的字從他口中而出，秋玨忽地有些困倦，玉白的小手揉了揉眼，眸光落向了窗外。從這裡能看到白虎書院後院的大片桃花林，仙界的花永開不敗，那粉色的花葉如同巨浪，風一吹，翻滾起片片波浪，美得驚心動魄。

就在秋玨看得入神時，後腦的小辮子忽然被人用力一扯，秋玨痛得齜牙咧嘴，不由得轉頭瞪向了那個笑得滿是算計的小小少年。

「裴萌，課堂上不要走神！」

無虛真人言語間滿是不滿，秋玨瞇了瞇眼，默不作聲的坐直了身子。無虛真人瞥了她一眼後，繼續授課。

片刻，她的辮子又被狠狠一扯。本著不和小孩子計較的人生原則，秋玨不予理會。元鳴見她沒有反應，有些無趣，不由得拿起一旁的毛筆，用反的那頭戳了戳她的脊椎骨。

秋玨眉心狠狠一跳，她本就不是一個有耐心的人，也不是多能忍耐的一個人。一個小孩子犯她一次她可以不管，但是一而再、再而三的，她的忍耐力也已到了極限。她抿了抿脣，起身拿起一旁的玉硯，對著元鳴的腦門砸了下去。

這一砸，課堂裡的所有弟子都傻眼了。元鳴仗著家世和資質，沒少為非作歹，之前被他欺負過的弟子不少，可那些人的家世都比不過元鳴，便都忍下了。可今天……這個看起來很好欺負的小姑娘竟然還手了？

元鳴哪能想到秋玨會還手，那一下雖沒有多少力道，但他仍被砸懵了。他愣了一會兒，伸手捂住了已腫起的腦門。

「師傅，她打人！」

無虛真人臉瞬間黑了，望向秋玨的眼睛裡滿是銳利和不滿，「裴萌，老夫不管妳是什麼來歷，可妳既然來了這裡，就是我的弟子。這才第一天就這麼無法無天！妳現在出去站著，給我好好反省反省！」

剛好，她還不想待在這裡呢。

眾目睽睽之下，秋玨昂首挺胸的出了大門。竹間迴廊上，秋玨無所事事的靠著牆壁，她盯著那飄舞的桃花，忍不住踏出了雙足。

「裴萌，不准亂跑！」

「……」

神仙可真討厭，上學也討厭！

之後，沒多久便散學了，學生們三三兩兩從學堂接踵而出。秋玨鬆了一口氣，抬腳就要離開，可此時，一雙手從後扯住了她的衣領。

「新來的。」

「鬆手。」秋玨聲音平淡無波，她氣勢是夠，奈何身子小，聲音軟，聽起來倒像是無用的撒嬌。

元鳴哼笑一聲，向小跟班們使了一個顏色，小跟班們面面相覷，最終迫不得已的架住她向桃林走去。

「元鳴又在欺負人了，我們要不要告訴師傅？」一位弟子有些心軟，不由得問向同伴。

「別，元鳴的父上是無量真君，我們還是別多管閒事了。」說罷拉著小夥伴匆匆離開。

桃花林中，花瓣飛舞漫天，桃花香氣濃郁的刺鼻，幾個小少年將秋玨放在一棵樹下，轉頭看向元鳴，「元鳴，我們還是算了吧，別讓師傅知道了。」

「知道又能怎樣？」元鳴冷哼一聲，指了指紅腫的腦門，「這個死丫頭敢砸我，我要讓她看看我的厲害。」

果然哪個地方都有恃強凌弱的。

曾在魔教，不少師兄見她年幼，整日欺辱她，那時的她還不夠強大，唯有忍字落心頭，後來她步步高升，將那些看不起她的都踩在腳下。今天元鳴已成功的激發了她的怒氣。

秋玨面無表情道：「給你一個求我原諒的機會，要嗎？」

元鳴一愣，隨後哈哈大笑起來，「妳是第一個這麼跟我說話的，妳還挺好玩。」

「看樣子是不要了。」

秋玨緩緩起身，手上幻化出一把小刀，就在元鳴措不及防之時，秋玨那圓滾滾的身子敏捷的將他撲倒在地。

秋玨咬著牙，乾脆俐落的剃下了他一頭黑髮，「你不是喜歡扯別人辮子嗎？你不是很得意嗎？你知道姑奶奶我是誰嗎？你就敢惹我？！」

元鳴嚇懵了，愣了片刻後開始掙扎，一邊掙扎、一邊喊著小夥伴：「你們別愣著啊！幫我拉開她！」

小跟班們眨了眨眼，踱步上前。

秋玨一個眼刀射了過去，「你們敢過來，我就弄死他！」

——好……好可怕！

這些小少年本身就是被逼無奈才跟在元鳴身邊的。他們看了看秋玨那凶狠的眼神，又看了看快被剃成光頭的元鳴，最終齊齊後退幾步。

「元……元鳴，我們去找師傅來，你撐住啊！」

說罷，幾人揚長而去。

等他們領著無虛真人來時，元鳴正抱著光禿禿的腦袋蹲在地上哭，而秋玨叼著一根枯草站在旁邊，雙手環胸好不威風。

無虛真人氣得鬍子都直了，「裴萌，怎麼回事？！」

「幫你教訓弟子。」

「啥？」

「他盛氣凌人，欺辱同門，與其他幾人拉幫結派，四處作歹。既然你這當師傅的不管，那麼今日我來教他，好讓他明白做人不能太霸道，因為一山更比一山高。」

「我……我要告訴我爹，嗚……」元鳴仰頭，小臉上滿是淚水。

「沒出息。」秋玨看不下去，小胖腿狠狠的踹了他一腳，元鳴被踹倒在地，滾了一圈撞在了樹幹上。這下，元鳴哭得更凶了。

「妳……你們兩個都給我過來！」

無虛真人氣湧心頭，第一眼見秋玨，他就知曉這個丫頭不是什麼省油的燈，果不其然，這才第一天就鬧事。

白虎堂內，元鳴與裴萌一同罰跪在地上，秋玨本是不想跪的，可他又不讓坐，站著又太累了，所以便跪了。身旁的元鳴一直啜泣到現在，時不時用憤怒夾雜著委屈的眼神看著她，每當秋玨瞪回去時，他都會縮一下肩膀。

「妳等著，等我爹來了，看怎麼收拾妳。」元鳴擦了擦眼淚，聲線微顫。

秋玨一樂，忍不住在他光頭上摸了一把，「別說，你現在這樣子，可順眼多了。」

元鳴雙目瞪圓，再次抱住腦袋，「閉嘴！一會兒有妳好看的！」

「無虛真人，聽聞元鳴犯了事？他在哪裡呢？」

無量真君到了。

無量真君乃是無量宮的座上掌門，三界之內甚有權威。他為人謹慎嚴肅，對弟子管教很是嚴格。

聽到父親名字時，元鳴身子哆嗦了一下。秋玨抿了抿脣，看樣子這小子挺怕他父親的。

「爹……」無虛真人還未應答，元鳴便轉頭，委委屈屈的喚了他一聲。

無量真君的腳步立刻頓住，他不可置信的看著元鳴那鋥亮的光頭，「這這……這是怎麼搞的？」

元鳴癟了癟嘴，伸手指向秋玨，「她幹的！」

無量真君順著他手指的方向看去，秋玨正在啃手指甲，大眼睛清純閃亮又無辜。無量真君沒見過這麼精緻乖巧的女娃，當下心就莫名軟了。

他狠狠一巴掌拍在元鳴的光頭上，「平日仗勢欺人也就算了，現在還學會信口雌黃了？她一個柔柔弱弱的小女娃，怎麼能剃你光頭！」

元鳴心裡是一個大大的冤字。

「真是她幹的！」

無量真君再次看去，若元鳴說的是真的，那麼這小女娃還真不一般啊。

「妳為何要剃我孩兒光頭？」

「看不順眼。」

無量真君挑眉，「女娃，看妳年紀小不懂事，我也不和妳計較，妳告訴我妳父上是誰，我去找他評理。」

聽了此話，元鳴得意的衝她吐了吐舌頭。

「不知無量真君找我評什麼理？」

這時，裴清的聲音由遠至近，語調淡漠如同夜間幽潭。

無量真君瞳孔一縮，神色間滿是詫然，「浮玉……仙尊？」

裴清不語，雙瞳瞥向秋玨，她正跪在一旁，肉呼呼的小爪子平放在膝蓋上，乖巧又惹人心憐。

裴清心中一緊，「是誰給你們的資格，讓她跪在地上？」

裴清神色未變，可言語間沾染了些許涼意。

無虛真人抖了抖鬍子，走上前來，道：「裴萌做了錯事，老夫作為她的師傅，自然有罰跪她的資格和理由。仙尊，我們先前可說好了……」

「我不記得和真人說過什麼，我只是將自家孩子交給你，並沒有給你懲罰她的權力。」

他彎腰將秋玨拉了起來，然後拍了拍她沾在膝蓋上的塵土。

「累嗎？」裴清問，雙眸宛如盛了月光，溫柔，含著本不屬於他的細膩。

秋玨心中微動，轉頭避開裴清的視線，糯糯的聲音有些無情：「不累，我樂意跪。」

這在裴清眼裡就變成了：萌萌一定是受了委屈卻不敢跟他說。

裴清直起腰身，轉頭看向了二人，「所以能否告知我，萌萌到底做錯了什麼？」他的眼神如鋒如芒，氣勢隱隱流瀉。

無量真君的眼角狠狠一抽，不知為何，面對這樣的裴清，他心裡竟然有些發虛，明明他們不是過錯方。

無虛真人替無量真君說話了：「裴萌剃了元鳴的頭髮，並且威脅元鳴。」

——死老頭子真會顛倒黑白！

秋玨一個眼刀扔了過去，無虛真人目不斜視，權當沒看見。

裴清看向元鳴。察覺到裴清的視線，元鳴身子一抖，不由得往秋玨那邊蹭了蹭。裴清本身不討小孩子喜歡，尤其元鳴作賊心虛，更是畏懼裴清。

「你別拉我裙子！」秋玨不耐煩的踹了踹他的膝蓋，「滾一邊跪去！」

「別這樣啦……」元鳴苦哈哈的看著秋玨，拉著她裙襬的手不由得收緊幾分。

裴清打量了元鳴好幾眼，最後一挑眉，一勾唇，笑了，「這是萌萌剃的？」

「沒錯，就是令嬡幹的！裴清仙尊，不管凡間還是仙界，男子的髮都很重要，你說……」

無量真君話未說完，裴清便滿是讚賞的摸上了秋玨的後腦杓。

「萌萌真棒，沒人教萌萌就能剃出這麼好的光頭。」

眾人都驚了。

——這……

——這是睜著眼睛說瞎話吧？剃光頭……還要人教嗎？！

秋玨抽了抽嘴角，老實說她一點都不想被裴清誇讚。

「裴清……仙尊？」

裴清光顧著誇秋玨，都忘記正事了，他斂起氣勢，溫柔淺笑的望向無量真君，「嗯？」

看著那張恍若冰雪消融的臉龐，無量真君一句話都說不出來了。他覺得……裴清有些不對勁。

以前的裴清宛如一朵冰山雪蓮、高嶺之花，對誰都愛答不理，心情好了賞你兩個字，心情不好看都不看你一眼。可現在……這笑得這麼溫和如春的男人到底是誰啊？！

「我兒子……」

「哦～」裴清恍然，他緩緩上前，身影逐漸將元鳴籠罩。

元鳴哆嗦著不敢抬頭，甚至都不敢呼吸。

察覺出元鳴的懼意，裴清不由得輕笑出聲，修長微涼的手指輕輕的撫了撫元鳴鋥亮的光頭，「若我說，這光頭……比有頭髮時好看多了。」

「可身體髮膚，受之父母……」

裴清打斷對方道：「當孩子降生在這世間時，便是一獨立的個體，他們有權力決定自己的身體。元鳴……」他垂眸，清冷的眸中倒映著瑟瑟發抖的元鳴，「你可喜歡你的新髮式？」

他敢說不喜歡嗎？！

元鳴覺得裴清比無量山中的妖獸都可怕，他戰戰兢兢的點了點頭，被淚水暈染過的眼睛無辜的看向無量真君，「爹，我……我喜歡光頭。所以……您就別為難裴萌了。」

無量真君一口氣梗在喉間，有苦難言。

無虛真人有些看不過去，「仙尊，裴萌大庭廣眾之下威脅欺負同門，如果不懲罰她，我這個師傅的面子可往哪裡擱？」

裴清冷哼一聲，嚴聲道：「你的面子……怎有我的萌萌重要？」

無虛真人臉一黑，顯然想不到裴清會慣孩子到這地步，張嘴剛要反駁，裴清又開口了。

「如今兩個孩子都冰釋前嫌了，我看我們就不要瞎摻和了。當然，無虛真人若因為我的原因針對萌萌……」他的聲音冷了幾分，「我自會帶她離開。」

無虛真人一直不喜裴清，要說原因還要追溯到三百年前。

那時裴清已是浮玉宮掌門，無虛真人將得意門生引薦到浮玉宮。那位弟子雖天資聰明，可性格紈褲，不務正業，進門沒幾天就四處欺負同門，在裴清閉關時，這位弟子與師兄發生爭執，並且謀害了師兄的性命。

雖說一命還一命，可裴清心向善，再者要顧慮無虛真人面子，於是將這位弟子安置到密月林內，只要他能平安度過十二個時辰，那麼先前的一切他都既往不咎。這件事無虛真人也是應了的，無虛真人相信自己弟子的實力，但卻低估了浮玉禁地密月林，結果可想而知，弟子並未撐過去。自此之後，無虛真人雖表面對裴清恭恭敬敬，可內心卻有了一條永不填平的溝壑。

裴清無愧於心，機會他給了，面子也給了，可那人不爭氣，怨不得自己。

無虛真人也不是傻子，他是不想收留秋玨，可若是此刻拒絕，豈不讓所有人都知道他是一個小肚雞腸之人？

「這次……就算了。裴萌，妳日後若再犯，就別怪老夫了。」

「你日後若不好好管教你的弟子，也別怪我了。」秋玨厲聲反駁。

無虛真人臉一黑，可也不好和一個小孩兒吵架，只能帶著一肚子火拂袖而去。

這事算是解決了，無量真君也不想再糾纏下去，他一把扯起元鳴，向門外走去，「那我們也告辭了。」

「慢著。」裴清喚住二人。

無量真君後背一僵，「仙尊……還有何吩咐？」

「我女兒給元鳴剃了那麼好的髮式，你們都不道個謝嗎？」

厚顏無恥！

CHAPTER

第五章

不只無量真君這麼覺得，連秋玨都覺得這個人好厚顏無恥，不過這樣子的裘老賊才對，之前那些個他都是假的！

「謝謝。」元鳴自牙縫裡擠出這兩個字。

說罷，無量真君拉著元鳴匆匆離開。

望著那漸漸遠離的背影，裴清笑了出來。

「無量真君甚愛體罰門下弟子，元鳴有樣學樣，沒少欺負書院的學生們。妳今天這麼一鬧，他怕也不敢了。」裴清摸了摸她的髮絲，語氣欣慰，「萌萌定是看不慣他的作風，所以才出手的吧？」

——哎？

秋玨瞪大眼睛，滿是不可置信的看著裴清，她……沒說過這話吧？

裴清見此，更加堅定了內心的想法，看著她的眼神也越發溫柔似水，「萌萌真是一個善良的孩子。」

「……？」

——所以你到底是從哪裡看出我善良的！

「對不起，萌萌。」他放柔了聲音，在秋玨愣神之時，裴清蹲下身子，櫻粉色的薄唇輕輕的印上了她的臉頰，「我以後……不會打妳了。」

「不論晴晝，還是暮雪，我都會陪在妳身邊，伴妳長大。」

臉上有些癢，鼻尖縈繞著淺淺的冷香，那是他身上的味道。嗅著清冷，可莫名安心。

那一瞬，秋玨的心像是被一根羽毛輕輕戳了一下，有些癢，又有些麻……

※⊙※⊙※⊙※

正值冬雪，這是浮玉山一年中最美的時景。雪照雲光，天地間盡是蒼茫一片，唯有植在蒼梧殿外的火樹獨自盛開的璨然。身穿白色道服的女子正在樹下堆著雪人，一個雪人很快堆好，不美觀，但雪人的笑臉討喜。

她一笑，喚出了一個名字：「裴清。」

身後忽然傳來一個腳步聲，女子轉頭看去，對上了一雙繡有刺金花紋的黑色錦靴，她的視線緩緩上移，神色詫異，「你不是在修煉？」

他墨髮如瀑，片片雪花與髮絲交纏，男子的神色比冬雪涼，他顫了顫雙睫，視線落在了一旁的雪人上。

看他在看雪人，女子笑得更是璀璨，「像不？」

他蒼白的指尖觸了觸冰雪，清冷的一個字脫口而出：「誰？」

「你啊。看笑得多可愛。」

他聽後，眸光一沉，直接轟了雪人。

「你……你幹嘛啊？！」

這是她辛辛苦苦好不容易堆好的，裴清這是什麼意思！

就在愣怔之際，面前的男子挑起她下巴，柔軟的唇落在了她唇間。隨後，他勾起一個足以融化暮雪的笑，「可愛嗎？」

她臉一紅，「可……可愛。」

「嗯。」裴清拍了拍她的頭，「以後多笑給妳看。」

「……」

——誰要看你笑啊，臭不要臉。

秋玨嘟囔一聲，伸手要推開他，結果推了個空，身子還撲通一聲摔到了地上……

這一摔，秋玨便醒了。

她呆愣的看著周圍，夜裡的蒼梧殿空寂，外面起了風，風不斷拂動火樹的葉子，發出類似嬰兒哭泣的喃喃聲。

一片寂寥。

「夢……」秋玨揉了揉眼睛，她怎麼突然想起裴清了。回想夢中的畫面，她感覺可笑，又感覺心中酸澀難過。

「嗷嗚——」

什麼聲音？

順著聲音看去，月色如銀，一隻黑色的噬魂魔正蹲在窗前，血紅色的眼睛直勾勾的看著秋玨。

秋玨倒吸一口涼氣，瞬間忘了剛才的難過，這東西怎麼跑出來的！

「嗷嗚——」噬魂魔低吼一聲，晃了晃尾巴撲了過來。

「嗷嗚個屁！」秋玨氣不過，一巴掌拍在了牠腦袋上。

裴清不知去哪裡了，也還好裴清不在，要不她還真不知怎麼解釋現在的畫面。

「你這個小畜生怎麼跑出來的？」

「嗷嗚～」噬魂魔蹭了蹭她的小手，牠長得可怖，賣起萌來的動作被牠做得分外驚悚。

這可不行，她要抓緊時間把牠送走！

可是要送到哪裡呢？

秋玨思來想去，有了主意。

※⊙※⊙※⊙※

裴清一時半會兒回不來，秋玨彎腰抱起噬魂魔，匆匆向外面跑去。她的小短腿跑不快，在跑到後山時，秋玨都覺得自己要虛脫了。

「差不多是這裡了。」

秋玨環視四周，月黑風高，山影重疊，更無人接近。

「去吧，別跟著我。」

將噬魂魔放在地上，秋玨胡亂抹了一把臉上的汗水，轉身就要離開。

「嗷嗚～」

「你敢跟上來的話，我就打死你！」

噬魂魔果然不敢動了。

確定噬魂魔不跟上後，秋玨提步離開。

目送著秋玨離開的小背影，噬魂魔的情緒逐漸低迷，就在此時，牠聽到了一聲淺淺的啾咪聲。噬魂魔動了動耳朵，片刻，撒丫子向聲音的發源地跑去。

秋玨覺得不對勁，她轉頭看去，驚了。

「你不能去那頭！」

再往裡走是密月林，那個地方原本是懲戒之地，後來變成了浮玉禁地。除非是定力強大的修士或者上神，不然其他生物進去都是必死無疑！

「你別跑！」秋玨拉住噬魂魔的尾巴，牠撲騰幾下，與秋玨一同摔倒在了草叢中。

「小畜生，誰讓你亂跑了！」

噬魂魔不動，眼珠子轉也不轉的直視前方。秋玨感覺不對勁，也看了過去。

樹影搖曳，男子袍服如雪，一塵不染。此時他眉眼柔和，修長的手指正幫懷中的白團子撓著癢癢。腓腓被撓得舒服，粉嫩粉嫩的舌尖舔了舔手指，畫面很是其樂融融。

——所以裴清……這些天都偷偷來這裡看他的寵物？！

「嗷嗚——」

噬魂魔突然激動的跑出草叢，秋玨暗叫不好，急忙伸手去拉，不料卻被地上的雜草絆倒在地。

「嗷嗚——」噬魂魔在腓腓面前站定，牠晃著尾巴，眼神中透出靦腆。

「啾咪？」腓腓被突然出現的噬魂魔嚇到了。

噬魂魔跑到一旁，叼了一朵野花放在了腓腓爪前，而後害羞的不敢再看腓腓。

腓腓：「……」

裴清：「……」

秋玨：真他媽給妖獸丟臉，就這膽子還想要跨種族戀愛啊？！

「萌萌……怎麼在這裡？」裴清總算注意到她了。

——糟糕！忘記裴老賊了！

秋玨抿了抿脣，緩緩從地上爬起，彎腰拍去了身上的草屑。

裴清不語，靜靜的望著秋玨。

秋玨動動腦子，有了主意，她上前幾步，往裴清腿上踹了一腳，「大騙子！」

「嗯？」

「你說過把牠送走的，結果你還在偷偷養！」秋玨指著腓腓，語氣中滿是指責之意。

裴清不見慌亂，語調淡定：「我沒騙妳，我說把牠送走，又沒說送到哪裡。」

秋玨呼吸一窒，這……說得好有道理啊！

「好了，現在該我問妳，這隻噬魂魔……是怎麼回事？」

怎……怎麼回事？她總不能說是牠想認自個兒做主人，所以跟出來的，裴清又不是傻。

裴清又說：「還有……妳到底是從哪裡來的？」

——不……不太妙了。

望著那雙墨瞳，冷汗瞬間爬滿秋玨的整個後背。

裴清又不是真的傻，他很可能察覺出什麼了。不過這也是遲早的事，她早晚會曝光，倒不如今天說開了，裴清不是狡詐之徒，縱使他們不對盤，他也不會對變小的她出手。

秋珏的小手死死的扯著衣襬，深吸一口氣，鼓起勇氣望向裴清。

「我……」

「妳真的……是白麟的女兒嗎？」

「……」哎？？？

「妳一直偷偷摸摸的，是怕我對妳有成見？」

秋珏一臉茫然，這……這發展有些不對啊，這事和白麟有什麼關係？她什麼時候說過白麟？裴老賊是不是誤會什麼了？

說好的察覺出什麼呢！

秋珏心中千迴百轉，她完全高估了裴清的智商，竟然天真的以為裴清會在今天發現她的身分，結果……

結果他竟然誤會了她是白麟的女兒！

雖然有些莫名其妙，但沒拆穿她是最好不過的。當下，秋珏點頭，嚴肅道：「沒錯，我是白麟的女兒。」

這種情況下，唯有順著他來了。

裴清眸光微閃，心中湧出些許酸澀，雖然已經有心理準備，但聽她親口說出時，還是有

些難以承受。

「那妳想回去嗎？妳若想……我立刻將妳送回去。」

——送……送回去？開什麼玩笑！

秋玨連連搖頭，「不回去。」

裴清眼睛亮了亮，繼續問道：「為何？」

「他……」

「他對妳不好？」

「嗯！」秋玨點頭。眼睛裡好像進了蟲子，秋玨伸手揉了揉，半晌揉不出來，反倒是弄出了淚花。

「他……他打我。」秋玨隨口胡謅了一個理由。反正她不認識白麟，黑起來沒壓力。眼裡的蟲子還是出不來，秋玨眼睛一眨，流出兩行淚來。

裴清見此，心中抽痛，他手指輕輕一勾，秋玨便被法力帶到了他懷裡。裴清摟著她，溫和的說：「萌萌別哭。」

「我……我沒哭。」只是眼睛進蟲子了。

裴清嘆了一口氣，輕輕摸了摸她柔軟的髮絲，「萌萌真是堅強的孩子呢。」

——見鬼的堅強，就你這智商也基本告別修仙了。

「之前不告訴我，可是怕我對妳有偏見？」

仙者向來高高在上，尤其針對妖魔，她就算年幼，也一定深知此理，所以千方百計隱瞞於心。裴清想著，不由得心疼起來，看著她的眼神也越發柔和。

秋玨被看得心裡發毛，裴清一定又在腦補什麼奇奇怪怪的東西了，她一時之間弄不明白他的思路，唯有沉默相對。

「妳放心，既然我將妳帶回來，就會護妳安好。日後不管發什麼事，我都會向著妳。」

他不善表達，更不會輕易許諾，可一旦許諾了，便是真的，便是一輩子。

秋玨深知此刻的裴清是認真的，如果這話不是對著一個蘿莉，而是對著一個女人的話，秋玨相信，對方一定瞬間就嫁了。

但問題來了，裴老賊是不是有某種癖好啊？不然怎麼對一個陌生的蘿莉這麼上心？

裴清很開心，從帶她回來的那一天起，她對他始終有一層隔閡。書上說，大人與孩子要經常交流情感，如若小孩兒不主動開口，那麼大人一定不要吝嗇。既然他的萌萌不敢開口跟他說，那麼換他來，相信經過今晚，萌萌一定會對他敞開心扉！

經過今晚，秋玨確定裴老賊腦子壞了。她心好累，好想回魔界。

「嗷嗚～」

一旁的噬魂魔還在撒著歡，裴清看去，只一眼便收回了目光。

——太醜了。

「這隻噬魂魔看起來和妳很親暱，萌萌先前可見過？」

噬魂魔還在向腓腓求愛，腓腓被弄得煩躁，轉身跳到了一旁的樹上。噬魂魔看見後，張開雙翅追上前去，順便朝腓腓吐了一團心形的火。

——蠢死了。

「魔教的使臣帶來的，這是牠們的孩兒，一直留在妖林。」

這個理由是完全說得通的，當時魔教求和，的確帶過去幾隻噬魂魔，裴清作為仙界的老大，自然知道此事。

裴清聽後果然沒有懷疑，「那就讓牠留在這裡，和腓腓做個伴。」

「可是牠好像……看上腓腓了。」

裴清挑眉，「牠們不可能。」他說：「腓腓是公的。」性別都不同，怎麼戀愛。

而秋玨想的是：完了，這不只要跨種族戀愛，還要同性別戀愛啊！

「回去吧，妳明天還要去學堂呢。」

「……」不提她上學這事會死嗎？

「把牠們也一起帶回去吧。」

「有牠沒我，有我沒牠！」秋玨語氣是不容抗拒的堅定。

裴清抿了抿脣，本想著趁萌萌開心，趁機將腓腓帶回去，結果……

裴清牽起秋玨的手，又說：「不讓牠進門……」

「死心吧！」

「……哦。」

二人的身影漸漸遠去，忙著躲噬魂魔的腓腓並未注意到主人已經遠去，等發現時，裴清和秋玨早已離開了。腓腓望著那彷彿望不到盡頭的黑色小道，晃動的尾巴逐漸恢復平靜。

「啾咪……」主人真的不要牠了。

「嗷嗚……」噬魂魔用爪子拍了拍腓腓的後背：不用擔心，我和你玩。

腓腓嫌棄的瞥了牠一眼，轉身跑進了密月林。

噬魂魔本想著跟上去，但在察覺到從裡面傳來的煞氣時，牠又不敢了。牠不傻，若是進去了，立刻魂飛魄散。噬魂魔委屈的嗷嗚一聲，在入口附近找了一個舒服的地方，自個兒蜷成了一團……

忽然，一顆果子從裡頭滾了出來，撞到牠腳邊停下。

噬魂魔看了看果子，又看了看裡面，牠嗷嗚一聲，聲調愉悅。

第六章
這個父上
有點痴情

再進書院時，裴清偷偷往秋玨的包裡塞了兩顆蘋果，末了又剝了塊糖送到她嘴邊。秋玨已逐漸習慣他的投餵，將糖塊含在嘴裡後，掙開裴清的懷抱跑進書院。

「仙尊的女兒長得可真喜人，定是隨了其母。」一旁的仙人上來搭話，說罷小心的觀察著裴清的臉色。

裴清，說：「隨我。」

「……」

仙人默默的打量他幾眼：冰塊臉，沒表情……

「……」

——隨你個屁！一點也不喜人。

套不出裴清的話，仙人有些無趣，與裴清道別後，轉而離開。

「爹爹，雲兒不想離開你。」

「雲兒乖，等幾個時辰後，又能見到爹爹了，親爹爹一口。」

「親～」

裴清默默收回視線，嘆了口氣，拂袖離開。

沒必要嫉妒別人，他家萌萌聰明伶俐又可愛，大庭廣眾之下親人那種事才不會做呢。

——可是……

CHAPTER

第六章

——好想被萌萌親親啊……

※⊙※⊙※⊙※

還沒上課，書院的學生三三兩兩圍成一團，一同討論著新學的術法和法寶。當秋玨進門時，原本噪雜的環境忽然歸於寂靜，所有人的視線不約而同落在了秋玨身上。

秋玨目不斜視，穿過眾人坐在了自己的座位上。在她身後的元鳴身子一縮，緩緩低下了頭。見此，其他學生更不敢動了。元鳴這個小霸王都這麼害怕這個新來的，更別提他們了。

中午休息時，元鳴小心翼翼的伸手戳了戳她的後背，秋玨皺眉，轉頭不耐煩的瞪向他。

「幹嘛？」

元鳴撓了撓光頭，「那個……妳能跟我來桃花林一下嗎？我有事和妳說。」

秋玨冷笑一聲，「怎麼，想找碴？」

「絕對不是！」元鳴神色激動，急聲為自己辯解著，「我不會找妳碴！我哪敢找妳碴，只是想和妳商量一些事……」

這小子就是一個欺軟怕硬的，經過先前那遭，他肯定不敢再找她麻煩。想著，秋玨便點頭應下了。

於是在眾目睽睽之下，秋玨跟著元嗚出了學堂。

二人向桃花林走去，元嗚用餘光看她一眼，雙眸閃過一道精光，「快到了。」

就在此時，秋玨腳步突然停下了。

元嗚轉頭，神色困惑，「怎麼了？」

秋玨那張精緻的小臉上沒什麼表情，她澄澈的黑眸平靜無波，裡面正倒映著元嗚略顯不安的臉頰。

「是你找我，還是你們找我？」

「啊？」元嗚的手指攪動著衣衫，眼神游離，「我……」

「你還真是不長記性。」秋玨冷笑一聲，轉身便要離開。

就在此時，耳畔突然傳來一聲細微的波動，秋玨眼神一銳，伸手握住了向她攻來的小石子。她手腕一轉，將那顆小石子送還回去。

「我還以為是什麼大人物呢，不過是一個小丫頭啊。」

幾個身穿玄青色衣袍的少年從樹後走了出來，為首的少年大概十三、四歲，他拋著那顆小石子，表情吊兒郎當。

「元嗚，就是這丫頭把你剃成了禿子？你也太沒用了。」

元嗚攥緊拳頭，垂頭不語。

秋玨皺眉，她瞥向元鳴，「是他要你把我叫來的？」

「我聽說元鳴被人欺負了，一時好奇那人來歷，想會見會見對方，未成想……」少年居高臨下的打量著秋玨，「未成想只是一個小蘿蔔頭。」

——無趣。

秋玨眉頭蹙得緊，她不想和這些小孩兒糾纏。

「還聽說妳的父上是浮玉仙尊，既然是他的孩子，妳一定很厲害吧，怎麼樣，要不要比試比試？」

「不比。」

——嘿，這丫頭還挺跩的。

「妳是怕了？」

「我勸你們快點走，你們妨礙我呼吸了。」秋玨神色間滿是嫌棄，「啊，好臭，你們臭到我了！」

這在那些人眼裡就是赤裸裸的挑釁，他們臉色變了變，又將視線落在元鳴身上。

「哼，御劍大賽上見，我們走！」

一行人揚長而去。

人一走，元鳴的神色便放鬆下來。

「他是青龍書院的陸淳遠，玄空尊者所收的第七位弟子，也是育仙苑中天資最高的弟子之一。」

玄空尊者本是天玄仙山的上仙，後受洛元公所託掌管青龍書院，其中有七位弟子拜他為師，由他親自教導，而陸淳遠便是年紀最小的弟子。

「玄空尊者與無虛真人不和，事實上青龍書院也處處針對白虎書院，此次他來，想必是對我們下戰書的。」

「關我屁事！」

元鳴聽後，瞪大一雙眼睛，「怎麼不關妳的事？妳好歹是我們書院的一分子，再說了，妳和我的事弄得人盡皆知，人們不只知道妳打敗了我，還知道妳爹是浮玉仙尊。妳的身分放在那裡，就算不為了書院，也要為妳爹考慮一下吧？」

元鳴說得頭頭是道，秋玨聽得滿是不耐煩。

見鬼的御劍大賽，見鬼的書院一分子，她說不定明天就變了回去，然後和這些腦子有病的上仙江湖不見！想讓她替他們爭奪榮譽？不如去做夢！

元鳴在她耳邊叨叨著，快走到學堂時，遠遠的就看到門口圍了一群人。

元鳴停止絮叨，隨手抓了一人問：「那邊怎麼了？這麼熱鬧。」

「聽說帝舜神君的弟弟來了，大家都趕著去看呢。」

CHAPTER

第六章

——帝舜神君的……弟弟。

——不是吧……

秋玨眼角狠狠一抽，已有了退學的欲望。

「萌萌……」

耳畔傳來一道驚喜的聲音，她的眼角又是一抽，對上了和明閃亮亮的視線。和明向她走來，周圍的人們自動讓開一條路。

年幼的小青龍著一身繡有暗金花紋的黑色衣袍，髮被青玉冠所綰，小臉還未長開，卻不難看出以後的清俊容貌。

他衝她笑得青澀靦腆。

在小青龍眼裡，這世間唯有秋玨一人。從她出現後，周圍的一草一木、一人一物，全部都變成了陪襯，只有秋玨光芒萬丈的站在那裡。

不愧是他未來的王后，都散發著光啊！

糟糕，他要睜不開眼了，他要被這光芒閃瞎了！

元鳴湊到她耳邊，小聲道：「他……沒事吧？」

「能有什麼事。」秋玨冷哼一聲，「不過是腦子壞了。」

「啊？」

這下，元鳴看著小青龍的眼神變成了憐憫：真可憐，年紀小小，腦子就壞了。聽說他們上古龍族血脈單薄，這下……還傻了一個。

「女人，對於我的出現是不是感到很驚喜？」小青龍下巴微仰，神色傲慢。

秋玨目不斜視，與他擦肩而過。元鳴憐憫的瞅了和明一眼，繞過他跟上了秋玨的腳步。

小青龍哪能想到秋玨會無視他，當下詫異的瞪大雙眸。

周圍不明真相的一眾學生大跌眼鏡：裴萌不只身分不一般，竟然還和龍族有關係？！還甩了小青龍的臉？

「妳……這是妳引起我注意的方式嗎？」小青龍漲紅著一張臉，「那麼妳成功了！」

智障。

「病得不輕啊。」元鳴與秋玨咬著耳朵，「龍族那麼有錢，都不找大夫給他瞧瞧嗎？」

秋玨淡淡道：「有些病，是瞧不好的。」

「……」怎麼辦，他越發覺得和明可憐了。

小青龍望著秋玨離開的背影，不甘的咬咬下唇，真沒想到她為了讓他嫉妒，竟然特意找了一個不三不四比他大幾歲的成熟男人。很好，接下來……他會讓她體會到自己炙熱的愛！

元鳴：總覺得有人在背後誇我帥？

小青龍的到來引起了一陣轟動，同時更讓無虛真人焦躁，那個秋玨就不是省事的主，這條小青龍更是惡名遠揚，如今兩個熊孩子都到了白虎書院……

他已經料到接下來的生活了。

明後天都是休息天，散學前，無虛真人為班裡的孩子們布置了功課。

「以《與父遊》為題，寫一篇文章或者詩詞。」

「還與父遊……我爹不打我就不錯了。」元鳴哭喪著臉整理好桌上的東西，他又想到了裴清，不由得對秋玨多了幾絲羨慕。

「我爹像妳爹那麼溫柔就好了，雖然妳爹看起來凶，但對妳真好。」

秋玨不屑的哼了一聲，沒有應話。

「你起碼有爹，我都沒有爹。」和明坐在元鳴旁邊，轉頭瞥了秋玨一眼，想以悲慘的身分來博得同情。奈何秋玨都沒搭理他，相反的，元鳴滿目疼惜。

元鳴一把握住了和明的手，語氣真摯：「和明，只要你願意，我爹就是你爹。」

——真可憐，小青龍不只得了病，竟然沒爹沒娘……

秋玨提起背包，起身離開，「兄弟情，真感人。」

和明：「……」

回到浮玉山，秋玨將背包隨處一扔，撒丫子跑向了裴清的書閣。

「萌萌，不要瞎跑。」

「我要看書！」

裴清無奈搖頭，「少看書，多玩。」

——囉嗦。

跑進書閣，秋玨小心的合上門，四處翻找起來。說不定她瞎貓碰上死耗子，能找到變回去的方法呢？

外頭的裴清撿起扔在地上的背包，就在此時，一本本子從裡面掉了出來。那是功課本，裴清打開翻了翻，不禁陷入了沉思。

說來他都沒有帶她好好玩過呢……他真是一個不稱職的父親……

裴清心中自責，同時陷入了困境，他平日不出門，也不善和小孩子接觸，更不知道小孩子都喜歡什麼、去什麼地方……

裴清思想來想去沒有法子，只得求助仙友圈。

【浮玉仙尊：小孩子都喜歡去哪裡玩？】

【紫月仙子：仙尊，來我這裡玩啊。】

【空山真人：仙尊也有這種苦惱了呢……】

CHAPTER

第六章

【靈玉上仙：不可把時間浪費在無用的事情上啊，修仙才是正道。】

【帝舜神君：龍族歡迎你。】

【落雲上仙：聽說上重天上開了仙界遊樂園，不少孩子和神仙都愛去，裴清仙尊可以考慮考慮，雖然我覺得遊樂園這名字過於庸俗。】

【榮成上仙：帶榮蓮去過一次，那裡各種新奇玩意，榮蓮玩得很開心。】

……仙界遊樂園。

這名字的確庸俗，不過大俗即大雅，說不定萌萌會喜歡呢？裴清思索半晌，最終決定帶秋玨去這裡。

在書閣翻了半天無果，秋玨垂頭喪氣的從裡面出來，裴清趕忙迎上去。

「萌萌……」

「幹嘛？」

「這個……」他將本子遞了上前。

秋玨沒注意看本子，光是看他手了。討厭，裴老賊的手怎麼這麼好看，嫉妒！

「幹嘛？」

裴清顫了顫雙睫，淡定的翻開一頁，在看到上面那幾個字時，秋玨先是愣了幾秒，隨後一陣茫然。她歪了歪頭，眸光滿是困惑，「嗯？」

看這樣子……是沒好好學習。裴清合上本子，輕聲道：「妳的功課。」

功課……這回秋玨想到了。

「明天我帶妳出去玩，好讓妳完成功課。」

聽後，秋玨眉頭立刻皺了起來，她本就不想做什麼功課，更不想和他出去玩。如今每天上學散學，倒真像是一個孩子，要是長久以往，她什麼時候能殺死裴清，完成大業？

——難不成萌萌已經激動的不能言語了？

望著那張小臉，裴清心中滿是憐惜，妖族沒有什麼好玩的地方，白麟也不像是一個會陪女兒玩的人。

——真可憐，小小年紀都沒體會過童趣。

裴清嘆氣，琢磨著明天一定讓她開心。

※⊙※⊙※⊙※

翌日一大早，裴清就將秋玨從床上扯了起來。秋玨睡得正香，她環住裴清的脖子，小臉在他身上蹭了蹭。

閨女好可愛！萌死人！

裴清心花怒放，輕車熟路的脫下秋玨身上的睡衣，為她換上一身粉紅色繡花對襟襦裙，趁著她還沒清醒，又為她梳好髮。

待整理好後，秋玨也醒了。

她呆呆的看著鏡子裡的小人兒，唇紅齒白，粉妝玉琢，打扮的甚是精巧玲瓏。

秋玨眨了眨眼，伸手捏了一把臉，有點疼，不是夢，她仰頭看向裴清，「裴老賊，你對我做了什麼？」

一覺醒來，她衣服都換了？

對於秋玨的反應，裴清表現的很是淡定，「帶妳出去。」

「去哪裡？」

裴清清淺一笑，修長的食指搭在了她唇上，「秘密。」

唇上溫熱，他眸色如玉，望著他那雙漂亮的眼睛，秋玨呼吸一窒，竟莫名紅了臉蛋，她一把揮開裴清的手，晃晃悠悠的從椅子上跳了下來。

秋玨若是正常體型，裴清這樣對她，保不准一顆心就掛在他身上。

可是……

想起往日情景，秋玨眸光一黯，聲音略顯沉悶：「你是不是想找個地方把我丟下？要是那樣，可最好不過了。」

她本就想離開，如今留在這裡也是逼不得已。秋玨深知自己性子乖張，想必裴清早就受不了了，若因此放下她，倒是最好不過。

裴清一愣，眉頭微蹙：「萌萌為何這般想？」

「因為你就是這樣的人啊，把人拋棄……不正是你擅長做的？」

裴清眸光微閃，望著眼前的秋玨，他的腦海忽然閃過一張熟悉的、早已被塵封的臉頰，裴清心中頓時抽痛，「我不會再拋棄任何人，更不會拋棄妳。」

他聲音不大，言語中含著固執，秋玨別開頭不看他，生怕被他的眼神迷了心智。

裴清深吸一口氣，轉移話題：「走吧，那個地方妳一定會喜歡。」他朝她伸出手。

望著那寬厚略顯蒼白的掌心，秋玨猶豫半晌，最終伸手握住。

※⊙※⊙※⊙※

仙界遊樂園建立在上重天上，各路上仙自四面八方向這邊趕來，熱鬧至極。等裴清牽著秋玨到達仙界遊樂園門口時，周圍靜了。他一襲白衣，氣勢內斂，只靜靜站在那裡，便是一個光點，引人追逐。

「裴清仙尊——！」

有仙子叫出了他的名字，語氣激動。裴清看去，又淡淡的錯開視線。

「呃……那個小孩兒哪來的？」

「聽說是仙尊的女兒，但……來歷就不清楚了。」

「裴清仙尊竟然有女兒了……」

四周傳來一陣失望的唏噓。

秋玨知道裴清受歡迎，但沒想到這麼受歡迎，放眼望去，那些仙子的眼神都吊在了他身上，神色間滿是痴迷。秋玨又看了看裴清，這人不說話時，的確很迷人，可只要一開口——傻子。

「我們進去吧。」裴清牽著秋玨進了仙界遊樂園。

上重天本就美輪美奐，這仙界遊樂園更是建立在雲層之中，一片縹緲裡，遊樂園那奇幻的建設映入眼簾。

「仙尊，給女兒拿一個吧。」

身穿粉衣的仙子踏雲而來，仙子來自仙秀紡，秀紡均是女子，職責是編織雲彩。此時她手上握著數個各種顏色的彩色雲球，風一吹，雲球便換了形狀。

裴清挑了一個蘋果樣式的雲球遞到了她手上，秋玨微微皺眉，搖頭拒絕，這麼幼稚的東西她才不會拿著走呢。

裴清嘆了一口氣，仙子已經走遠，也不可能送還回去，於是只能拿著。裴清眉眼清冷，手上的雲球不斷變成著各種可愛的形狀，與他本人形成極大的反差。周圍人看他的眼神有些詭異，裴清目不斜視，毫不在意。

「萌萌想玩什麼？」

仙界遊樂園如它的名字一般，囊括了各種玩樂的東西，來這裡的小孩子都玩得很開心；但再看秋玨，臉上寫滿了不愉快、不樂意，難不成她不喜歡這裡的東西？

「萌萌不喜歡這裡嗎？」

秋玨不語，環視一圈，視線在其中一座建築上停留片刻。裴清順著她視線看去，懂了。

妖魔洞窟。

「妖魔洞窟，完美展現妖魔兩界，讓您和您的孩子體驗非一般的恐懼！其中更有魔女秋玨的雕像展覽，歡迎各路上仙前來參觀！」

魔女秋玨……雕像展覽？

這……這侵犯她的肖像權了吧？！

秋玨怎麼也想不到，在這上重天上她竟然成了別人的消遣物。

「要不要去看看？」

「好！」她倒要看看，魔女雕像是個什麼鬼。

CHAPTER

第六章

見她答應，裴清牽著她向妖魔洞窟走去。一邊走，裴清一邊在心中感慨，雖然白麟對她不好，可是萌萌……依舊惦記著那裡，好說也是生活了幾年的地方，他們家萌萌……真是一個柔軟善良的女孩兒。

「仙……仙尊。」守門人詫異的看著走來的裴清，「您……要進去參觀嗎？」

「是。」

守門人連連讓路，「請進，如果仙尊找不到路，會有專門的人帶你出來。」

「麻煩了。」說罷，裴清帶著秋玨走了進去。

妖魔洞窟裡面的環境和氣候完全模擬妖魔兩界，其中甚至藏匿著妖魔兩界的各種妖獸。他們走在一條青色的青竹小路上，路兩邊一片漆黑，偶有青色的鬼火閃爍，伴隨著妖獸的嘶吼，甚是讓人腳底生寒。

這條路名為通魔路，魔道一直流傳著一句話——走過通魔路，再無往生途。

一旦決定踏上這條路，就再也無法回頭。

當時，六歲的秋玨獨自一人走上了這條路，她沒有回頭，亦沒有退路。這天，裴清牽著她，又走上了這條路。

秋玨心中百感交集，她不由得仰頭看他，男人的臉頰融入到黑夜中，她看不清他的表情；手被他緊緊攥著，以一種保護的姿態。

「萌萌，怕嗎？」他突然問。

「不怕。」

秋玨不怕，她此生只怕一件事，只怕一個人。

「嗯……」裴清沒再作聲，只是握著她的手更緊。

秋玨忽覺不對，眨了眨眼，只聽耳邊傳來窸窸窣窣的詭異響動，裴清瞬間握緊她的手，力道大得像是要捏碎她的骨頭。

秋玨恍然大悟，「裴老賊，你不會是怕吧？」

裴清身子一僵，不自在的輕咳一聲，「萌萌，我很厲害的。」身為仙尊，他怎麼會怕這種東西，只是有些不習慣這種一驚一乍的地方，這讓人心裡煩躁。

秋玨哼笑一聲，抬眸瞥了裴清一眼，又看了看黑漆漆的四周，她靈光一閃，趁裴清不注意掙脫開他的手，向裡面跑去。

「萌萌，不准亂走。」這裡面大得很，還有一些真的魔獸作祟，要是走丟了，或者發生點事可怎麼辦？

想著，裴清趕忙追了上去。

秋玨對這地方熟悉得很，如今她個子小，很容易藏匿起來。秋玨躲在暗處，偷偷看著在找尋她的裴清。裴清依舊癱著一張臉，可眉眼間卻滿是著急之色。

難不成她丟了，他真的會著急上火？

秋玨不信。她始終堅信裴清是一個冷酷無情、自私自利的男人，所以怎麼會對一個撿來的「女兒」付出真心和感情。

「我在這裡……」

忽然，一個和秋玨長相相同的女孩兒從黑暗中走了出來，她站在原地，看著裴清的眼神滿是乖巧。

秋玨瞇了瞇眼，這是幻妖，牠會幻化成人類的模樣，用來蠱惑獵物。想必幻妖剛才看到了她，所以記住了她的樣子，如今想來騙裴清。

裴清是誰，怎麼會識破不了這小小的伎倆。他瞇了瞇眼，環視四周，輕輕叫出了她的名字，「萌萌，不要鬧了，快點出來。」

秋玨後退幾步，跑向了另外一條小路。

穿過這條路就是羅剎門，這神仙也挺厲害，竟然真的把魔界完整的呈現出來。進了羅剎門，秋玨一眼就看到坐在上座的自己，只見她一襲黑衣裹身，身材凹凸有致，眉眼間透出些許的冷血無情。

秋玨驚了，這不仔細看，還真以為自己的身體跑到這裡了。

秋玨爬上臺階，小手輕輕的摸了摸那尊雕像的手指，觸感真實，卻沒有溫度。她又低頭咬了雕像一口，結果雕像一甩手，將秋玨甩下了臺階。

「去妳的！妳一個假人還敢推我？！」

「呵。」雕像一笑，嘲諷的神色和秋玨如出一轍。

秋玨：「……」

好生氣哦，她被假的自己鄙視了。

「萌萌……」

是裴清。

秋玨如臨大敵，趕忙躲在了柱子後面。

門被推開，裴清的身影被如血的月光拉得傾長，他踱步而來，身姿挺秀。就在秋玨以為他要四處找尋自己的時候，他的腳步卻在臺階下頓住了。裴清仰頭，眸光靜靜的注視著上座的秋玨雕像。

裴清的神色有些複雜，眸中含著秋玨看不懂的情愫。

片刻，裴清輕輕上了臺階。

秋玨屏住呼吸，瞪大眼睛看著雕像前的裴清，接下來，令秋玨驚訝的一幕發生了……

只見裴清修長的手撫上了雕像的臉頰，修長的手指輕輕的在雕像臉上摩挲著，裴清長睫輕顫，眸中倒映著雕像的五官。

CHAPTER

第六章

那個眼神……是看愛人的眼神。

藏在柱子後面的秋玨緊咬下脣：裴老賊這是什麼意思，他這是要做什麼？

更不可思議的事情發生了。

裴清彎腰，薄脣印在了雕像的脣瓣上。雙脣相碰，他的神情柔軟得不成樣子。

秋玨呼吸一窒，心臟像是被一隻手扼住一樣，有些疼，更讓她無法呼吸。

裴清……吻了她。

裴清……吻了她的假人！

雕像伸手，一巴掌就要揮在裴清臉上。

只聽啪的一聲，裴清伸手握住雕像襲來的巴掌，他直勾勾的看著雕像，而後，握著她的手幻化出一朵狗尾巴草來。

「妳最喜歡的。」

妳最喜歡的。

他聲腔淺淡，卻無端的令秋玨難過起來。她不喜牡丹、不愛薔薇，唯獨鍾情狗尾巴草，那種隨處可見、生命力頑強的醜陋花朵。

裴清怎麼會記得，怎麼可能記得她的喜好！

胸口中像是藏了一團火，燒得她全身滾燙。秋玨忍無可忍的衝了出去，大聲叫出了他的名字：「裴清！」

「萌……」裴清滿是詫異的看著突然出現的秋玨，就在此時，雕像起身，巴掌落下。裴清避無可避，被打了個正著。

望著裴清臉上的巴掌印，秋玨先是愣了幾秒，最終忍不住噴笑出聲。

「我剛才都看到了。」秋玨清了清嗓子，「裴清，你為什麼親她？」

臉上有些熱，裴清用回春術散去臉上的巴掌印，薄唇微抿，沒有答話。

「你不會是愛她吧？」秋玨又問，語氣中滿是不懷好意。

裴清喉結微微滾動，視線又落在了雕像身上，他的眸光細細掠過雕像的髮絲，掠過雕像的眉眼，掠過她的鼻、她的唇。

「你不會真的還愛她吧？！」秋玨驚了。

裴清眸光一銳，抓住了重點：「還？」

——說漏嘴了！

秋玨捂住嘴巴，眼珠子來回轉了轉。

「萌萌……難不成妳知道我們之間的事？」

——能不知道嗎？！不知道就有鬼了！

秋玨不敢看裴清，輕咳一聲道：「白……我親爹認識。」

「哦？」裴清挑眉，「怎麼認識的？」

怎麼認識的？她……她怎麼知道怎麼認識的！

秋玨有些慌了，大腦一片空白。

「你……你懂得啊。」

「嗯？我懂得？」

裴清蹙眉，他懂得什麼？莫不是……

裴清瞳孔一縮，他看向秋玨，眼前這張小臉、這種神色，這個說話的語氣和一舉一動，簡直與她如出一轍。

「我親爹認識。」

再聯想她之前所說的話，莫不是……

裴清身影僵住，呼吸有些凌亂。

「難不成……妳的母親是秋玨？」

「……」

「……」

「……哎？」

秋玨眨巴眨巴眼睛，她……和白麟生了自己？？？

再看裴清，他雖然臉色平靜，可雙眸中卻湧動著驚濤駭浪，顯然，他被自己的這套說辭說服了。鬼使神差的，秋玨輕輕的點了點頭。

其實秋玨也很期待裴清的反應，當知道她和別人生下孩子時，他會有怎樣的表情？是平淡無波，抑或是怒不可遏？

「還以為……」裴清脣邊忽然勾出一抹牽強的笑，「我本以為妳是白麟和那個人間女子所生的孩子呢，結果……」

結果萬萬沒想到。

——人間女子……又是誰？

秋玨有些懵。

裴清嘆了一口氣，想想也是，若萌萌真的是白麟和人類女子所生的孩子，怎麼可能會有那麼強大的資質。只不過……他想不到秋玨會和白麟牽扯到一起。

不，也許早就牽扯到一起了，其中要是沒有關係，那麼痛恨魔族的妖族為什麼會答應求和？生性冷血好鬥的白麟又為何與秋玨簽訂協定？稍微想想，一切便呼之欲出了……

裴清攥緊雙拳，他以為自己早已是乾死的枯井，就算有人朝他扔石頭，也會無動於衷、無知無覺，可他高估了自己……

秋玨。

這個名字就像是連接他心臟的一條線，牽一髮而動全身；抑或是蠱毒，時不時出來折磨他一下，提醒著他那永不可能得到的感情。

「你……你怎麼了？」望著沉默不語、神色孤寂的裴清，秋玨有些莫名發慌。

「無礙。」裴清緩緩下了臺階，垂眸細細打量著秋玨。

「真像。」裴清笑，碰了碰她的睫毛後又很快收手。

「啊？」

「妳和妳的母親，很像。」

能不像嗎？她小時候就長這樣。不過……裴清怎麼說這種話？

——難不成……他對我念念不忘？

——不……不可能吧……

「我們回去吧。」

「等一下！」秋玨拉住了裴清的袖子，「你……你還沒告訴我，你為什麼親……」

「哪有什麼為什麼……」裴清的聲音有些悠遠，垂下的纖長雙睫遮住了眸光，「想親就親了。」

——什麼叫……想親就親了？

秋玨有些困惑，裴清要是不記著她，為什麼會親她的雕像？要是記著她，又為何……對她漠視不理？

「萌萌，雖然不明白妳為何出現在那個村落，又為何對他們的事閉口不談，但妳要記住一件事。」他直勾勾的看著她，一字一頓，言語堅定，「妳的母親，是世上最好的人。縱使世人覺得她十惡不赦、無惡不作，縱使她自己都覺得她是個壞人，但妳不能信。」

「她……沒有人比她更好更善良了。」裴清語氣柔軟，像是想起什麼一樣，脣邊漾開了一抹如春風般溫暖的笑。

裴清的話如同一道閃電劈上了她的天靈蓋，讓她整個人都暈暈乎乎。以往所有的堅持和恨意在此刻統統化解成了茫然。

裴清這個人的形象開始模糊。

秋玨開始懷疑，他是否……真的如自己所想的那樣不堪？如若她在他心目中的形象真的是他說的那樣，那麼他……當初又為何那樣對待她？

「除非四海皆枯，三山塌陷，不然我們永遠不會在一起。」

他說的話如刀子般，刻落在她的心尖，每每呼吸都抽痛萬分。

「還是那句話，萌萌若是想回家……我會把妳送回去。」雖然捨不得，但也不忍心讓好不容易得到的女兒難過。

想起秋玨，裴清又嘆了一口氣。

「我也還是那句話，只要你想送我回去，你就送。不然……我不會走。」

她要留在裴清身邊，弄死他！

就算裴清當初有苦衷，但他對她造成的傷害卻是無法磨滅的事實。

裴清笑笑，牽著她的手出了妖魔洞窟。

他們剛走沒多久，一個身材圓滾滾的老者便從後面鑽了出來。老者伸了個懶腰，打了個哈欠，他還沒睡醒，整個人都迷迷糊糊。老者是睡神，本是來玩的，結果一不小心在這裡睡了過去，不過……他好像聽到很重要的事情了！

「妳是白麟和那個人間女子所生的孩子呢。」

睡神身子一個激靈，徹底清醒了，前面和後面他都在睡，只有這裡聽得最清楚！

大事不妙啊！

裴清的孩子，竟然是妖王白麟的女兒！

不，重點是白麟那個千百年不出門的死宅都有了女兒？！他要把這件事告訴小夥伴去。

於是晚上，仙友圈裡流傳出一個莫名其妙的傳言。

【裴清仙尊的女兒……竟然是和白麟生的！】

這話很快傳到了白麟耳朵裡。

手下來通報事務時，白麟正臥榻淺眠。他生得溫潤高貴，不言不語時像是人間的王孫侯爵，哪有半點妖王的氣勢可言。

「殿下，自從魔頭消失，魔界便失了秩序，這正是我們進攻的最好時機，不然……」

「沒有不然。」他聲腔溫和，泛著如玉般溫雅的味道。

「當時簽訂的協議還存在，本王不能言而無信。」白麟半睜眼眸，一雙眸子如同幽潭，深邃而沉寂。

白麟的視線落在了手下身上，清冽的語氣中帶有威脅：「若你們不聽我勸告，私自攻打魔族，到時就別怪我不客氣了。」

手下身子一哆嗦，畢恭畢敬行了一禮，「屬下不敢。」

「不敢最好。要是無事就退下吧，我想歇著了。」

「呃……還有一事。」手下抬了抬眼皮，小心翼翼的打量著白麟。

白麟俊眉微挑，「嗯？說。」

手下不由得吞嚥幾口唾沫，張了張嘴，欲言又止，眼看白麟神色不耐，手下不敢再囉嗦便直道：「仙界傳殿下有了一個女兒，還是和那浮玉仙尊生的！如今不只仙界……六界的人幾乎都知道了。」

白麟身子一抖，眉毛一抽，驚得想跳下地，可是——

腿麻了！

※⊙※⊙※⊙※

「聽說妳是妖王和仙尊生的，是不是真的啊？」

秋玨一進門，元鳴便賊兮兮的湊了上來。他聲音雖低，可不難聽清，當下周圍的人都安靜起來，豎起耳朵聽著秋玨的回答。

「哼。」一旁的和明哼了一聲，上前握住秋玨的小手，深情款款道：「萌萌妳放心，不管妳是誰生的，我都喜歡妳。」

——誰要你喜歡啊！

秋玨將自己的手抽回來，順便在元鳴身上擦了擦，「誰說我是妖王和仙尊生的？兩個大男人怎麼生孩子？」

此話一出，一片寂靜。

元鳴蹙起眉頭，他像是想到什麼一樣，握緊左手拳頭輕輕擊打右手掌心，「可以啊！我娘親說，只要有愛，就能生孩子。只要妖王和妳爹真心相愛，他們就可以生孩子！」

說得好有道理，完全無法反駁。

周圍人發出一陣了然的唏噓，看樣子這群小蘿蔔頭對於秋玨的身世堅信不疑了。

秋玨長呼一口氣，恕她直言，如果仙界的未來棟梁們都是這樣的智商，那麼……仙界早晚要亡！

眼看無虛真人要來了，學生們趕緊坐好，不敢造次。秋玨玩弄著手上的毛筆，她又想到了那天，想到了裴清與自己雕像的那個吻。

裴清到底是什麼意思？

他若是對她心存殘想，那麼為何之前的幾次碰面他看的都是兔子，要不然就是……他想辱她名譽！

沒錯，就是這樣！

裴清是怕有一天她殺了他，到時候就可以和眾人說是她求而不得、因愛生恨，讓所有人都站在他那邊……她就知道裴清不是什麼好東西！

秋玨被自己說服了。

「御劍大賽很快來臨，還望大家做好準備，為我院爭奪榮譽。我更希望某些同學不要拉大家的後腿。」說著，無虛真人的視線有意無意的瞥了過來。

元鳴的嘴角當下耷拉了下去，他自是記得青龍書院陸淳遠的挑釁。

「真人。」秋玨舉起自己的小胖手，「能不參加嗎？」她問，望向無虛真人的眼神滿是期待。

無虛真人呼吸一窒，「不能！」

秋玨鼓了鼓腮幫，訕訕的放下了手。

「萌萌，元鳴說的是真的嗎？」

臨近散學，學生們都在收拾東西，準備隨家人回家。

「什麼真的？」

和明與她並肩走在一起，他轉頭看著秋玨。在和明眼裡，所有的風景都不及眼前的秋玨好看。

和明小心翼翼開口說：「就是……我愛妳，我們以後就會有小寶寶嗎？」

——我去！

秋玨身子一個踉蹌，差點摔倒在地。

和明挑眉，聲音稚嫩：「看妳，知道要和本少爺生孩子，也不用這麼激動吧？」

——鬼才和你生孩子！

活了千年的老妖物當下就要反駁，她剛張嘴，就聽那頭傳來一道熟悉的清冷聲腔。

「萌萌。」

是裴清。

和明一看裴清來了，也乖了，站直身子朝裴清作了一揖，道：「岳父大人好。」

此話一出，周圍都靜了。

裴清腳步微頓，而後像什麼都沒聽見般的走上前來，他自然的牽起秋玨柔軟的小手，目不斜視的從和明身旁擦肩而過。

「岳父大人和未來王后走好。」和明又說。

秋玨嘴角狠狠一抽，裴清雖不言語，可周身已透出些許殺氣，他家萌萌才不會嫁人呢！更不會嫁給一條愚蠢的小龍！若不是看他還未成年，他肯定……

就在此時，鼻尖傳來一陣熟悉的氣息，裴清瞇了瞇眼，自雲袖翻出一道淺淺的波浪，一個咒法不動聲色的送了過去。只聽撲通一聲，那頭剛過來的帝舜神君摔了一個狗吃屎。

裴清哼笑一聲，摟著秋玨駕雲離去。

那邊什麼都沒察覺的帝舜從地上爬起來，伸手拍了拍身上的塵土，「洛元公，您這門口應該修了，絆倒我無所謂，別傷了孩子。」

——蠢貨。

整完帝舜的裴清心情大好。

第七章
這下魔女
有點開心

深夜，睡得正香的秋玨被一陣尿意憋醒，她翻了翻身子，最終沒忍住，從床榻上爬了起來。她迷迷糊糊的滾向一邊，就在此時，她摸到了一團柔軟。

秋玨定睛一看，月光清幽，裴清側躺在她身旁，長臂正懶懶的搭在她身上。

秋玨眉頭一皺，了無睡意。她之前都說過不讓裴清和她睡覺了，可每天晚上她睡著後他都會過來，臭不要臉的。

秋玨哼了一聲，鼓著腮幫想從他身上翻過去。可能是睡覺時壓到了胳膊，從胳膊上傳來的麻意讓她鬆了勁，當下，秋玨跌在了裴清身上。

只覺唇上傳來一陣柔軟，鼻尖縈繞著淺淡的香氣，這種冷香味是裴清身上特有的氣息。

秋玨顫了顫雙睫，他的臉頰近在咫尺，甚至可以看到裴清臉上那細細的毛孔……

而她的唇，就落在他嘴角。

秋玨呼吸一窒，一種熟悉而又陌生的感覺正緩緩甦醒，它們如同藤蔓般，正漸漸蔓延到她的全身，乃至血液。

「萌萌……」

裴清輕輕嘟囔一聲，秋玨心中一驚，趕忙從裴清身上爬了下去。可就在此時，四肢傳來一陣酥麻的酸漲感，這種感覺讓人很不好受。

秋玨緊蹙眉頭，酸漲感越來越重，她咬緊下唇，免得發出聲音。因為疼痛，秋玨不由得環住雙臂，可在看到自己的手掌時，她驚呆了。

自己的身體正以肉眼可見的速度變大，她肉呼呼的小胳膊緩緩伸長，小胖手變成一雙纖長如玉的手指，逐漸增大的胸圍幾乎要將身上的幼兒衣服撐爆，墨色的髮絲開始增長，如瀑般散滿身後。

酸漲感已經消散，秋玨已完全恢復。坐在床榻上的女子膚白如玉，胸大貌美，她紅唇似火，上挑的眼角帶著些許蠱惑的意味。

——變……回來了？！

驚喜來得太突然，秋玨唇邊不禁含了一抹笑，勾人的眼波落到裴清身上。她伸出舌頭，輕輕舔了舔紅潤的唇。

——裴老賊，你的好日子……到此為止了。

秋玨原本還痛恨老天為何讓她經歷這麼一遭，讓她莫名其妙變成小蘿蔔頭不說，還莫名其妙被裴清收養了，現在想來，這絕對是老天爺在幫她！

秋玨緩緩湊了過去，裴清睡得很熟，毫無知覺。她朝裴清臉上吹了一口氣，裴清只是蹙眉，並沒有睜開雙眼。秋玨又伸手戳了戳他的鎖骨，很好，還是沒有反應。

見此，秋玨臉上展露出一抹陰笑，這個時候是裴清最沒有防備的時候，她可以不費吹灰之力拿下裴清的項上人頭。

秋玨越想越激動，她緩緩弓起五指，帶著殺氣，攻向裴清印堂！然而，幻想中裴清慘死的畫面並沒出現，她的法力……施展不出來！

——什麼鬼啦！

秋玨懵了。

她又試著運氣，可是變大的她……修為是零。

秋玨不死心的繼續攻向裴清，就在此時，裴清伸手拉住了她的手腕，他手上微微用力，秋玨便墜到了裴清懷裡。她的腦袋靠在他胸前，手腕正被裴清緊緊拉著，他的另外一隻手自然的環住她纖細的腰身。

這時的秋玨只穿了一件那幾乎被撐開的幼兒服，飽滿的上身緊貼著裴清胸膛，修長白皙的雙腿交疊，有幾縷髮絲從她肩上滑下，垂落到他胸前。

秋玨眨了眨眼，周圍寂靜，她只能聽到他沉穩的心跳聲，能感覺到他清淺的呼吸聲，他近在咫尺，在她觸手可及的地方，並且還……抱著她。秋玨大腦一片空白，一股熱氣從丹田升起，緩緩竄到她的腦門。

——裴清……

——裴清……

在被他擁抱的那一刻，秋玨的心倏然化成一汪春水，軟化了她以往所有的固執和堅持。

「萌萌……」裴清手臂微微用力，翻了個身，將秋玨徹底的摟在了懷裡，柔軟的唇落在了她的髮絲上。

秋玨心中一跳，趕忙掙脫開裴清的懷抱，從床榻上跳了下去。

此時的秋玨有些慌。

如今她身處敵營，身上更是沒有一丁點法力，天知道裴清醒來會對她做出點什麼！好歹她也是魔教教主，正邪不兩立，裴清要是見了她，保不准會把她——

大卸八塊！

她不能出師未捷身先死啊！

——怎麼辦怎麼辦……怎麼才能不被裴清發現？裴清那麼敏感，估計一會兒就醒了。

秋玨揉亂了一頭長髮，匆忙環視一圈，這蒼梧殿似乎也沒什麼可以藏的地方。總之，她應該先離開這裡，免得一會兒被他看見。

夜晚的蒼梧殿清幽而寂靜，火樹在銀海下獨自盛開，發散出的橘色光芒照亮整個月夜。有流星劃破夜空，又自天邊孤單墜落。

秋玨想爬上樹去，可沒有一點法力的她就是一個普通人，剛接近就被火樹的氣息灼得全身發燙，她連忙後退，咬著手指對著火樹發呆。愣怔了一會兒，秋玨想到了一個地方，那就是靜心閣，裴清修身養性的地方。

這時，屋裡的裴清已經醒了。他緩緩睜開雙眸，眸中傾瀉出淺淺流光，他的手往身邊的位置摸了摸，地方還熱著，可人不在了。裴清起身環視一圈，依舊沒看到自家萌萌的影子。

裴清皺了皺眉，驟然發現床上有幾片衣服的碎片。他撿起一片，這布料的花紋……不是她家萌萌身上的嗎？

大半夜不睡覺，跑到哪裡去了？裴清披上外衣下了床，準備出去尋找他家萌萌。

雖說大晚上的丟了小孩兒，可裴清並不慌亂，這蒼梧殿就這麼大點兒，她一個小丫頭也跑不了多遠。裴清繞了一圈，轉而向靜心閣走去。

此時在靜心閣裡的秋玨已聽到了裴清的腳步聲，他的腳步聲越來越近、越來越近，秋玨的心跳也越來越快。咬了咬牙，她撩開簾子躲到了靜心閣的後屋。可這時，一尊熟悉的雕像映入眼簾。

望著那尊雕像，秋玨不禁倒吸一口涼氣，眼前的雕像靜靜的坐在榻上，一身紅衣，眉眼和秋玨是十分十的相似。

能不相似嗎？這不就是妖魔洞窟的那個雕像！

裴清竟然把雕像搬回來了？

難不成他恨她恨到虐待雕像來洩憤？這老賊心也太黑了吧！

秋玨越想越氣，雙眸直勾勾的看著眼前的雕像，忽然靈機一動，有了主意。

她哼笑幾聲，撲上去對著雕像就是一頓亂扒。雕像一開始還在掙扎，但假人就是假人，哪能敵得過秋玨的力氣，秋玨三下兩下便將雕像的衣服扯了下來。

她胡亂的將衣服套在自己身上，眸光落在了一臉委屈的雕像身上，低吼道：「妳去一邊躲起來。」

——嚶，雕像也是有像權啊！好歹也是妳的假人，怎麼這樣對待人家！

雕像捂著胸，邁著小步子嚶嚶嚶的藏到了靜心閣的書櫃後方。

確定沒問題後，秋玨擺好姿勢坐在了床榻上。

「咯吱。」

門開了。

秋玨的心幾乎要跳到嗓子眼，可臉上依舊保持著獨一無二又傲慢至極的神色。

裴清的腳步聲近了，片刻，一雙白潤如玉的手撩開了簾子。

秋玨已緊張得不能呼吸，生怕裴清發現自己，可她又轉念一想，裴清這麼傻，怎麼可能發現！

「萌萌，不要藏了。我看到妳了。」

——嗯，你的確看到她了。

「萌萌？」裴清走上前來，在她面前站定。

——難不成……真發現我了？

秋玨被嚇出一身冷汗，還好裴清並沒有在她面前多做停留，見沒有他家萌萌的身影後，便轉身離開。

總算走了。

秋玨才剛放鬆下來，就見裴清頓住了腳步，他轉身，深邃的目光悠悠的打量著坐在榻上的她。

——不……不是吧？！

——裴老賊……是不是看出什麼了？

不可能，她現在和凡人無異，身上也沒有魔族的氣息，假裝雕像的話應該是能過關的。所以為什麼還不走啊！嚶，她突然想要放屁了！

裴清緩緩接近，秋玨不由得屏住呼吸，長長的睫毛略顯不安的顫了顫。

他微涼的手指忽然落在了她胸前。秋玨心中一緊，差點尖叫出聲——這個死變態，不會是想……這個時候虐待她吧？

然而裴清並沒有做什麼，他好看的手指優雅而輕柔的理著她身上略顯凌亂的衣裳。秋玨後背僵住，不由得看向了他。

裴清的容貌可以說是六界之中最好看的，他單是不說話，單是什麼都不做，那份獨一無二的風華絕代，便足以令人神魂顛倒。

此時，那垂下的濃密睫毛遮住了他眸底的情緒。待整理好了，裴清倏然抬頭，毫無預兆的，秋玨撞入到他那雙深邃的墨潭中。

秋玨呼吸一窒，不敢動了。

只覺裴清的手緩緩上移，指尖在觸碰到她皮膚時，引起秋玨一陣戰慄的酥麻，下一秒，裴清的手指落到了她脣上。

秋玨感覺自己的牙關在打顫，裴清……又要做什麼？

裴清忽然勾脣笑了，那個笑容，宛如漫天花海瞬間綻放。

在秋玨愣怔之際，輕柔的吻錯落到了秋玨的脣角。

那一刻，恍若暖春初醒，恍若時間滯留，他所有的柔情密意都再次傾露。

秋玨聽到他說——

「妳的女兒……比妳要好。」

「妳放心，我會好好照顧她，不讓她受到一點傷害。」

秋玨顫了顫雙睫，在她還沒有反應過來的時候，裴清後退幾步，轉身離開。

伴隨著關門的聲音，靜心閣恢復了先前的寂靜。

待裴清一走，秋玨火速跑向後面將那光禿禿的雕像重新搬了回來，她擦了一把流出來的冷汗。可秋玨剛把雕像放好，一個悠長的屁便脫肛而出。秋玨擦汗的動作一僵，不由得看向門外。

「咯吱。」

果然，裴清回來了。

——完、蛋、了！

懵傻的秋玨全然忘記了反應，她呆愣在原地，耳邊只留下裴清的腳步聲。一旁的雕像像是嘲弄她一樣，發出一陣輕哼。

秋玨眼睛眨也不敢眨的看向簾子，在裴清撩開簾子的那一刻，秋玨刷的一下變了回去，毫無預兆。於是進來的裴清，一眼看到縮在大人衣服裡、滿目驚恐的秋玨，以及光著身子、故作傲慢的雕像。

裴清：「……」

秋玨：「……」

雕像：「……」

兩人大眼瞪小眼，半晌無語。

秋玨呆呆的朝裴清揮了揮手，寬大的袖子輕輕甩了甩，「好巧啊，你也睡不著啊～」

沉默半晌，裴清清淺道：「不巧，我一直找妳。」

秋玨鼓了鼓腮幫，訕訕的放下了胳膊。

裴清上前將她拎了起來，寬大的衣服自她身上滑落，秋玨像是一顆肉團子般在他手裡。望著眼前的裴清，秋玨莫名心虛，在他手上一動也不敢動。

「大半夜不睡覺，在這裡幹嘛？」

「……夢遊。」

——夢遊？

裴清不由得望向身後的雕像。

他眸光閃了閃，瞬間了然，這是萌萌憑著感覺找到這裡來的啊，像萌萌這麼大的小孩兒一定非常渴望母愛，渴望母親的懷抱……就算他對她再好，也抵不上母親溫暖的微笑和溫柔的語言。

裴清心中一緊，看著秋玨的眼神越發疼惜，「萌萌，是不是想找個女孩子來陪妳？」

哎？她什麼時候說過想找女孩子來陪……

見她不語，裴清當她默認。他沒再說話，只是脫下身上的外衣披在了秋玨身上，隨後將雕像的衣服重新穿了回去。

「這個雕像……是你特意帶回來的？」

「嗯。」

「人家會允許你帶回來？」

「他們不敢不讓我帶回來。」整理好了，裴清彎腰將她抱了起來，「以後不准胡亂跑，更不准扯她的衣裳，妳若喜歡那個顏色，改天我做一身給妳。」

「……哦。」秋玨咬了咬下唇，小心用餘光瞥了一眼他好看的側臉，輕聲問：「裴清，你幹嘛把這個帶回來啊？」

裴清回：「為解妳念母之心。」

為了她？

鬼才信呢！

裴清抱著秋玨重新回到寢宮，二人雖躺在一起，卻各自心猿意馬。

裴清的大手有一下沒一下的拍著秋玨，手指輕輕捏了捏她圓乎乎的小臉。書上說女性身上特有的光輝會讓孩子的內心變得柔軟而善良，雖然他們家萌萌已經很善良了，可是……不夠柔軟。浮玉宮沒有女子，若萌萌在這樣的環境中長大，會不會對她造成不好的印象？

秋玨閉著眼睛，卻沒有一點睡意。她心中亂作一團，剛才變大的時間只有兩刻鐘，那麼她到底為何變大？又為何沒有法力？難不成是那個吻？難不成只有親吻裴清，她才能變回大人樣？

想了想，秋玨覺得很有可能。她小心的翻了個身，不由得瞥向裴清的脣，他的脣紅潤如櫻，泛著健康的光澤。

——要不……再親一下試試？

她小胖身子往上移了移，嘟起嘴巴就要往他嘴上湊。

眼看快要親上，裴清一把捏住了她的嘴巴，呵斥道：「萌萌，不要胡鬧。」

計畫失敗。

「若是睡不著，我講故事給妳聽吧。」裴清語調淺淺，與窗外的火樹吟吟相互結合。

秋玨揉揉眼睛，打了個哈欠，腦袋抵在裴清胸前睡了過去。

※⊙※⊙※⊙※

次日，裴清帶著秋玨去了武器閣，在武器閣最裡面的密室裡放有幾件至尊法器，這些法器唯裴清一人所用，早先修煉時還用得著，再後來他一個眼神就可以秒殺對手，別說武器，就連親自動手的機會都少有。

進了密室，燭火如數點亮，四周陳列著各種上古法器，這些法器隨便拿出去一件，就能輕鬆秒去敵人。

「裴清，你幹嘛帶我來這裡？」

「過些天就是御劍大賽了，妳怎能沒一把趁手的劍。」

裴清環視一圈，目光鎖定掛在最上面的一把長劍，他攤開手掌，長劍緩緩飛到他掌心。

「這把劍名為『定光』。定光劍，刀刃聚日月光輝，劍氣破萬里長虹。以後妳就是它的主人。」說著，裴清將劍送到了她手上。

這把劍入手輕快，劍鞘泛著如月般的光澤，將劍出鞘，瞬間劍氣外露，寒芒傾瀉。果真是一把好劍。

裴清又摘下腰際的玉珮，將之綁在了定光的劍鞘上，「這個就當是我一直陪著妳。」

秋玨摸了摸玉珮，默不作聲的將劍摟在了懷裡。

「出去吧。」

「等……等一下。」秋玨抱緊劍，趕忙叫住了裴清。

「嗯？」

「那個……」秋玨視線左右瞟了瞟，最終仰頭看向他，「你……你送我劍，我要送你什麼啊？」

裴清一定會回答「妳想送什麼」，到時候秋玨順勢說「我賞你一個啵啵」，裴清肯定不會拒絕她的啵啵，親完後，她就可以試試看自己能不能變回去，要是變了回去，她趁其不備用手上的劍插死裴清；要是變不回去，她也沒啥損失。

計畫通！

「可是……」裴清勾了勾脣，表情一片溫和，「妳已經送過我禮物了。」

「哎？」秋玨一臉茫然，她送……送什麼了？

裴清脣邊的笑意加深，說：「妳。妳是我此生收到過的最好的禮物。」

他說完後，秋玨感覺自己的心狠狠跳了一下，下一秒，紅暈緩緩爬上臉頰：裴老賊……什麼時候這麼會說人話了？聽著還挺喜歡的……

裴清見此笑了笑，率先踱步走了出去。

望著裴清的背影，秋玨倏然回神，臉上的紅暈散去，她憤憤的跺了跺地板。

該死，她被坑了！

可惡，裴老賊竟然不按照套路出牌！她要和裴老賊打啵兒啊！總不能……總不能她強撲上去來一個吧？那肯定會讓裴老賊多想的！

秋玨生無可戀，心如死灰。她越想越氣，不由得扯起玉珮，張嘴狠狠咬了一口。這不咬還好，一咬——

門牙鬆了！

「萌萌，快點出來。」

「來……來了……」

應該，沒啥事吧？秋玨摸了摸鬆動的門牙，有些不確定的想著。

※⊙※⊙※⊙※

育仙苑所舉行的御劍大賽終於到來，場地決定在古靈山。

由於玄武書院的弟子年齡幼小，所以玄武書院不能參加此次比賽。秋玨原本想說她自己年齡也小，不能參加，結果被無虛真人以書院榮譽駁回了。

大賽這天，各路上仙、散仙、遊仙都齊聚於此，其中有的是參賽弟子的家長，有的單純來看個熱鬧，還有一部分是來圍觀傳說中裴清和白麟所生的女兒的。洛元公將觀賽臺安置在了古靈山外，仙人們將透過懸浮的巨大雲鏡看到各路弟子的表現。

大賽開始前一刻鐘，弟子們都已在裡面做好準備，上仙也全部落坐。

「怎麼沒看到裴清仙尊？」

「是啊。」眾人環視一圈，「難不成仙尊沒來？」

「不可能啊，聽說他可寶貝那個女兒呢，怎麼可能不來……」

話音剛落，就見一道流光閃過，再看裴清悠悠然的從古靈山中走了出來。

一陣沉默。

「裴清仙尊……家長不能見要比賽的弟子。」無虛真人忍不住開口道。

裴清穿過眾人，落坐上位。

「萌萌年幼，我放心不下，便去看看。」

「仙尊，規矩就是規矩，還望遵守。」

裴清神色未變，淡然看向雲鏡，「我就是規矩。」

無虛真人：「……」

眾仙：「……」

臨近開始，秋玨抱著定光縮在角落裡。

她想好了，她本身對這場大賽沒什麼興趣，更沒什麼興趣爭奪第一，到時候就慢悠悠的跑在最後面好了。那個無虛真人本就看她不順眼，到時候再拉書院後腿，無虛真人一定會想辦法將她開除，那個時候她就能名正言順的退學了。

「一會兒妳可要小心青龍書院的陸淳遠。」這時元鳴走上前來，略顯擔憂道：「陸淳遠有意針對妳我，既然我們比不過他，到時候只能避讓了。」

「陸淳遠是誰啊？」

元鳴顯然沒想到秋玨會忘記，驚愕一會兒，然後悠悠的嘆了一口氣，「也罷，到時候妳隨在我身後好了，我會保護妳的。」

「她可不用你保護。」和明插了過來，小身子不動聲色的擠開元鳴，仰起的小下巴滿是傲慢，「我的女人由我保護！」

剛才裴清在秋玨身邊放了一隻聽聽鳥，所以他們的交談裴清聽得一清二楚。裴清望著雲鏡畫面裡的和明，不知怎的，他越看越覺得這幼龍討人厭，比帝舜還討厭。

「裴清，好久不見了。」

耳邊傳來一道熟悉的聲音，裴清看去，只見帝舜的手搭在一位上仙肩上，語氣熟絡。裴清淡淡錯開眸光，權當沒看見。

「神君，我不是裴清仙尊。」那位上仙好意提醒，「仙尊在那裡呢。」他衝著裴清的位置一指。

帝舜挑眉，踱步上前，只見他走到裴清身旁的無虛真人前，「裴清，好久不見，你怎麼顯老了？」

「……」

突然好為龍族的未來擔憂啊。

「帝舜神君，我旁邊的才是裴清仙尊。」

帝舜臉上不見尷尬，他自然的落坐在裴清身旁的空位上，望著雲鏡道：「看和明與萌萌真是天造地設的一對啊！裴清，我們什麼時候把訂婚宴辦了？」

此話一出，一片譁然：敢情帝舜神君看上了裴清仙尊？

裴清說：「抱歉，我對你沒興趣。」

帝舜也意識到剛才的言語錯誤，糾正道：「我是說，和明與你家萌萌的訂婚宴。」

又是一片譁然：龍族竟然要和浮玉宮結成親家了？！

裴清眼睛眨也沒眨，聲音冷了幾分：「抱歉，我對你和整個龍族都沒有興趣。」

帝舜但笑不語。呵，來日方長。

「還有……」裴清望向帝舜，語氣帶著隱隱的挑釁之意：「帝舜，若再不醫治你這不認人的毛病，我真怕你們龍族絕種。」

「……」

「畢竟……」他不懷好意一笑，「可沒有人願意嫁給一個連自己妻子都不認得的人。」

當著這麼多人的面戳人痛楚，裴清仙尊這是要鬧事啊！

一旁的仙人們趕忙往後移了移，生怕帝舜發怒，殃及魚池。

此時，洛元公出來當老好人了，「好了好了，比賽要開始了，我們先看比賽。」

裴清重新看向雲鏡。除了聽聽鳥之外，他還將自己的坐騎夜神鳥放了進去。夜神鳥善於隱藏，可以自由變換身體顏色，在有人時，牠會藏於雲層之中，或躲在高山之上，所以並不會被人發現。

這御劍大賽再怎麼說也是有危險的，萬一他們家萌萌遇到點什麼那怎麼辦？裴清可不願她磕到碰到，至於規矩……呵，規矩能有他們家萌萌重要嗎？

伴隨著騰空飛起的白鳳鴿，御劍大賽正式開始。

秋珏慢悠悠的飛在最後，越來越多的人跑到了秋珏前面，漸漸的，秋珏落了單。就在秋珏以為自己妥妥倒數第一的時候，她看到了停在不遠處的和明。

秋珏飛過去，隨口一問：「你在這裡幹嘛？」

和明耳根微紅，神色靦腆，可言語之間卻滿是傲嬌：「妳可千萬不要自作多情，我才不是等妳呢！」

她的視線淡淡從他身上掃過，又淡淡錯開，隨後加快速度，與之擦肩而過。和明一怔，趕忙反應過來，追了上去。

「喂！我好意等妳，妳幹嘛不理我？」

秋珏冷笑一聲，道：「哦？剛才是誰說的不是等我，讓我不要自作多情的？」

「我……」和明被她嗆得沒話說，輕咳一聲，聲音糯糯道：「難不成……妳沒學過一個詞嗎？」

「什麼詞？」

「口是心非。」

「……」

「小爺我只是在口是心非，誰成想妳這麼笨，都不理解我的意思。」說著，和明看著她的眼神滿是鄙夷和嘲諷。

敢情怪她囉？

秋玨懶得搭理和明，只是默不作聲加快飛行速度，卻沒想到自己逐漸超過了書院的其他弟子。和明嘟了嘟嘴，再次追了上去。

此時古靈山外，所有仙人都緊盯著弟子們的表現，當看到秋玨反超時，都發出一陣驚訝的唏噓。

「還以為落單了，竟然這麼快就追上去了。」

「這叫厚積薄發。不愧是裴清仙尊的孩子。」

「那是自然，裴清仙尊的女兒資質不凡，怎麼可能會跑到最後。」

「說得是啊……」

「我看這次，奪得第一的應該是裴清仙尊的愛女了。」

一群仙人將秋玨吹得天花亂墜，邊吹邊觀察著裴清的臉色。

「你家萌萌剛才是故意跑到最後的吧？現在之所以跑這麼快，怕是想躲開和明。」

帝舜神君的一番話讓現場安靜了。

眾仙人老臉一紅，默不作聲的看向了雲鏡。

——帝舜神君！你瞎說什麼大實話！

第八章
這對父女形象
有點破滅

秋玨本想著躲開和明，結果陰差陽錯的跑到了中間的位置，這就不太妙了，如果因此不小心得了第一，日後那些弟子、仙師肯定會纏上她。秋玨本就是魔界之王，她可沒興趣替仙界的人做事。

想著，秋玨又刻意放慢了速度。

「哈哈哈，也不知道元鳴那小子怎麼想的，竟然把賭注押在了一個小丫頭身上。」

「說的是啊，我看有些小寶寶……還是回家找爹爹喝奶奶去吧。」

「你們可別亂說，別忘了人家的爹是誰！」

「我可沒亂說，我這說的是大實話。」

青龍書院的人有意無意的跑到秋玨身邊，邊說著邊向她投來嘲弄的眼神。他們緩緩向秋玨接近，有意將她擠在中間。

幾個青龍書院的人相互給了個眼神，下一秒，幾人從四面將秋玨包圍其中，顯然想將秋玨擠下去。

秋玨瞇了瞇眼，在他們包圍過來的瞬間，她彎腰向下俯衝，只聽砰的一聲，那四人撞了個正著，他們腳下的劍失去控制，齊齊從上墜落下去。

秋玨望著那幾個逐漸消失的身影，就這種貨色也敢對她耍小伎倆？

「裴萌，妳沒事吧？」

飛在前面的元鳴注意到了剛才的動靜，於是停下等著她。前面是古靈山的險峻之地，他們要過一道山間夾縫，如若控制不好，很可能會撞上兩邊的陡壁，也可能會被山下吹來的氣流吞噬。

「還好。」

元鳴放慢速度，「前面是雙女峰，我們要從雙女峰中間穿行而過。陸淳遠已經過了雙女峰，想必正在峰外等著包抄我們。」

秋玨挑眉，沒有說話。

「裴萌……」元鳴抿了抿脣，輕言道：「待會兒我先出去將他們引開，妳藉此機會趕緊跑。也算是……算是我上次傷害妳的補償。」

秋玨心中微動，不由得看向了元鳴，他頭上已長出了青色的髮渣。元鳴平日雖然囂張跋扈，但對朋友甚是重情重義。

「好。」秋玨應得乾脆，有元鳴擋著，倒省了她不少的麻煩。

「那好，我先走一步，妳跟緊我。」說罷，元鳴控制著劍向雙女峰飛去。

雙女峰霧氣茫茫，那一片蒼茫將峰中景象隱藏其中。元鳴的身子漸漸消失在雲霧之中。

秋玨身子嬌小，腳下的劍也不是重劍，所以這夾縫對她來說沒有一點難度。等輕鬆穿過夾縫後，秋玨一眼便看到了不遠處被陸淳遠幾人包圍其中的元鳴。

秋玨目不斜視，只是加快了速度。

「我說妳那麼厲害，幹嘛不去幫幫元鳴？」說話的正是元鳴的小跟班。

「那你怎麼不去幫？」

「我……」對方被噎得沒話說，「我要是有妳那本事，我早就去了。何況元鳴應該是為了妳才以身涉險的吧？妳不能忘恩負義，見死不救！」

是啊，她就是忘恩負義，見死不救。

雖說她現在是個小屁孩，但皮囊之下可是人人懼怕的大魔王。讓她去救神仙的孩子，這算什麼話？

「是他自己要替我擋那個陸什麼的，我可沒強迫他。」秋玨懶得和這人糾纏，她看都沒看元鳴一眼，快速的從元鳴身旁掠過。

被圍在中間的元鳴看秋玨離開後，暗暗鬆了一口氣，同時心裡又有些不是滋味，明明是他提出做誘餌的，可當她看都不看自己時，還是有些難受。

「元鳴，你以為這樣，那個小丫頭就能跑得掉？」陸淳遠冷笑一聲，「不過看你這麼重情重義的分上，我就讓那個小丫頭多活幾秒，不過你嘛……」

陸淳遠上下打量著元鳴，他冷笑一聲，控制著劍身向元鳴衝去，元鳴瞳孔一縮，來不及躲閃，他的身子就狠狠撞向身後的山巒。

在撞上去的那一刻，元鳴感覺全身上下的骨頭都斷了，他咳出一口酸水，臉色鐵青的看向陸淳遠。下一秒，陸淳遠的手抵在了元鳴的肚子上，只見他唇角勾起一個陰險的弧度，緊接著，元鳴感覺五臟六腑都炸了開來。

——疼！

元鳴痛苦的嗚咽出聲，他捂著肚子，不可置信的看向陸淳遠。

「陸淳遠……你這是犯規！」

「哦？我怎麼犯規了？」

「御劍大賽不得使用咒法，你這是會被踢出比賽的！」

陸淳遠哼笑出聲，道：「說我使用咒法，誰看見了？如果他們真的看見，白鳳鴿早就飛來了。」

的確沒人看見，沒人看見就不算犯規。

元鳴疼得無法呼吸，他張嘴大口喘息著，有些混沌的目光瞟向了遠處：裴萌，妳可要快點跑遠啊……

「再見了，元鳴。」

一個少年上前，一腳將他從劍身上踹了下去。

元鳴的思緒已有些渾噩，感受著身體從高空墜下的壓迫感，視線中蒼茫一片，耳邊是風流動的聲音。漸漸的……他什麼也看不到，什麼也聽不到……

就在此時，元鳴忽然被拉了起來，下一秒，他墜入到一個嬌小柔軟的懷抱中。下墜感開始消失，視線也逐漸清明。

「裘……裘萌？」元鳴滿是驚愕。

秋玨攬著元鳴，她現在的小身板哪能承受住元鳴的體型。秋玨面無表情的將元鳴推向一邊，「好重。」

「我以為妳……走了。」元鳴呆愣道，下一秒，便紅了眼眶，「裘萌，妳特意……趕過來救我啊？」

秋玨冷哼一聲，「你別自作多情了，我可沒那大慈大悲之心，恰巧路過罷了。」

「胡說！妳都飛了那麼遠，怎麼可能特意路過！」

「你再說我就把你扔下去了！」

「我不說了……」也沒力氣說了。

其實從上面掉下去並不會死，山崖下都設有保護的結界，不過被淘汰是一定的，元鳴以為自己要被淘汰了，誰知她從天而降，救他一命。

這一幕不只驚到了元鳴，也驚到了古靈山外的眾仙們。

元鳴不清楚發生了什麼事，可他們都看得清楚。只是那一瞬，本在前頭的秋玨就閃現到了元鳴身旁，化險為安。

不管是御劍能力，還是速度，秋玨都是一等一的好，甚至趕上了成年人的反應能力。

那一刻，無量真君驚得從椅子上跳了起來，他緩緩踱步到裴清面前，朝他作了一揖，畢恭畢敬道：「先前本是元鳴冒犯令嫒，沒成想令嫒不計前嫌，以德報怨。在下必須要對仙尊道一聲謝。」

裴清淺淺一笑，「你不必對我道謝，這與我無關。」

無量真君堅持道：「不，若不是仙尊教導有方，怎麼會培養出這麼優秀的女兒，所以在下必須向仙尊道謝。」

「那更不必向我道謝了。」裴清望著雲鏡之中秋玨的身影，清冷的眸中像是藏了一汪溫泉，「因為我家萌萌……生來就優秀無比。」

「……」

這根本是實實在在的女兒控啊！

「啊呀呀，竟然不怕死的跑了回來。」

陸淳遠幾人再次圍了上來，元鳴咬了咬牙，伸手將秋玨攬在了後面，怒視著他：「陸淳遠，你我二人之間的事，與她無關。你可別以大欺小！」

聽話一出，一群人都笑了出聲。

「哈！以大欺小？沒錯啊，我就是喜歡以大欺小，難不成無量真君沒教過你什麼叫適者生存，強者為尊？」

元鳴抿了抿乾澀的脣，沒再說話。

元鳴曾和陸淳遠有過不愉快，無非是男孩子之間的小打小鬧，哪成想陸淳遠小肚雞腸，把他做的事全記下了，從此以後陸淳遠千方百計的找他麻煩，元鳴自知敵不過陸淳遠，所以盡量不招惹他。

「呵，適者生存？強者為尊？」

秋玨忽然開口，她聲音雖稚嫩，可言語間卻透了些許陰冷。

陸淳遠迎上秋玨目光，不由得愣怔。

她的眼睛大而亮，瞳仁極黑，醞釀著些許殺氣。陸淳遠身子不由得一哆嗦，一股寒氣自腳底升起。

「這話可是你自己說的，到時可別哭鼻子。」秋玨冷笑一聲，小腿一伸，將一臉茫然的元鳴自劍上踹了下去。

——哎……

——哎？！

第八章

自空中往下墜落的元鳴從茫然化為震驚，隨後是濃濃的驚恐。

——搞什麼！

——為什麼救了我，又要踹我下去啊！

「你們這是放棄掙扎，自相殘殺了？」

秋玨翻了個白眼，懶得搭理他。

就在元鳴要墜落地面之際，一條青龍自天而降，將元鳴托在了身上。元鳴愣愣的眨了眨眼，雙手緊緊抓著和明的犄角。

「和……和明？」

變成龍的和明全身青綠，那綠色甚是乾淨漂亮，他細小的龍鬚迎風飄蕩，晶瑩剔透的雙眸中寫滿嫌棄和不耐。

「真的是……和明啊。」這是元鳴第一次見到和明的龍身，不由得驚愕萬分，「謝謝你救了我……」

——鬼才要救你！要不是未來的老婆囑託，我怎麼可能多管閒事？更不可能讓一個男孩子坐在我高貴聖潔無比的後背上！

和明托著元鳴飛到秋玨身邊。

陸淳遠先是一愣，隨之指著他們憤怒道：「你們這是犯規！」

「犯規？」秋玨看向他，「怎麼犯規了？」

「這是御劍比賽，又不是御龍比賽。」

「哦？」秋玨挑眉，「可規定也沒說……不准騎在龍身上啊。」

無法反駁。

「和明，你帶著他先走一步。」

「喂……」元鳴開口想要阻攔，結果秋玨涼涼的視線落了過來，他將接下來的話吞到了肚子裡，默不作聲趴在和明的後背上。

「你認為我會讓你們走？」

「你敢不讓他們走？」秋玨聲音不大，可卻滿是霸氣。

原本要追上去的跟班都立刻駐足，沒有了動作。

「這樣吧，我和你們比，但你們別動他們，不然……」秋玨陰冷一笑，「我要讓你們死無全屍。」

陸淳遠眯了眯眼眸，答應了，「好，那我們開始。若妳輸了，以後妳都要聽我差遣。」

陸淳遠比她先行一步，看著他們離去的背影，秋玨不驕不躁跟了上去。

她走的是另外一條相反的道路，那條路是近道，可地形險峻，極其危險。平日仙師們禁止弟子從這條路穿過，後來就算不提醒，弟子們也不會從這裡走。

「這……」

山外的人面面相窺，最終都擔憂的望向洛元公，「洛元公，那邊因為地形原因，就連白鳳鴿都沒辦法穿過，萬一遇到什麼危險……」

白鳳鴿是用來監視弟子和救助弟子的神鳥，而秋玨走的那條路，是連白鳳鴿無法抵達的盲點。

洛元公顯然也想到了這個問題，他不由得看向裴清。

裴清側臉清俊，眸中是一片淡漠之色。

洛元公收回視線，「放心，不會出事的。」

洛元公話音剛落，就見雲鏡裡的秋玨撞上了一旁的山巒，下一秒，她的小身子從劍上墜落下去。

那一刻，所有人的視線又都落在了洛元公身上。

洛元公：「……」

大事不妙了……

不過他們也看清楚了，秋玨之所以會掉下去，是因為中了咒法，至於施法的是誰，大家都心知肚明。

「啾——」

千鈞一髮之際，只見一隻藍色大鳥忽然憑空出現，牠高啼一聲，拍打著翅膀俯衝向下，將秋玨托在後背。陸淳遠的攻擊咒術剛好砸在了她腳踝上，估計是骨頭受傷了，不然不會這麼疼。

在夜神鳥救了秋玨的同時，御劍大賽的勝利者也正式角逐出來。夜神鳥將秋玨帶出山門外，剛出去，裴清便迎了上來。

他將秋玨抱了下來，再看到她腫起的腳踝時，裴清的雙眸微微沉了沉，「疼嗎？」

「不疼。」秋玨嘴硬道。

弟子們接二連三都出來了。

秋玨已經不在乎勝利者是誰，她望著山門，待看到陸淳遠身影時，秋玨立刻從裴清懷裡掙脫開來，控制著定光刺了過去。

定光穿過人群，如虹劍氣擦過他的臉頰，一瞬間，陸淳遠笑容凝固，鮮紅的血液從他臉上滲透出來。定光繞了一圈，回到了秋玨手上。

陸淳遠摸了一把臉上的血跡，驚吼出聲：「妳想謀殺我？！」

「不，我這叫故意傷人。」

「妳什麼意思？」

「你說我什麼意思？」秋玨冷哼道：「我生平最恨你這種陰險狡詐之徒，小小年紀盡耍些小手段，真不知道你的父親是怎麼教你的。哦，我忘記了，你沒有爹……」她又說：「聽聞玄空尊者為人正氣凜然，座下弟子各個英明霸氣，可是怎麼就出了你這麼個東西？」

秋玨伶牙俐齒，眾目睽睽之下將陸淳遠損得沒話說，更扯出了陸淳遠的師父。玄空尊者是個好面子的，此次比賽並沒有出現，如果讓他知道陸淳遠做了這等事，後果不堪設想。

陸淳遠沒有料到秋玨會在這麼多人面前傷他，更沒料到她會提及他的身世，最沒料到的是……她拉他師父下水了。

「小丫頭年紀雖小，嘴巴倒是毒。」

說曹操，曹操到。

玄空尊者，真的出現了。

作為青龍書院的管事者，玄空尊者向來神龍見首不見尾，他的突然出現驚到了不少人。

「你不是前往崑崙了？」洛元公詫異道。

玄空尊者生得正氣凜然，眉目端正。他緩緩上前，輕言道：「無事便回來了。」說完又將目光看向一旁瑟瑟發抖、默不作聲的陸淳遠，「淳遠，能告訴為師是怎麼一回事嗎？」

陸淳遠低著腦袋，不敢看他。

「那麼，小丫頭，妳不妨告訴老夫發生了何事？」見陸淳遠不說話，玄空尊者便指向了秋玨。

秋玨淡淡掃了陸淳遠一眼，說：「他要一些小伎倆，我看不過，於是稍稍教訓一下，你可是想幫你徒弟找回場子？」

秋玨神色間滿是不屑，眾仙不禁倒吸一口涼氣，雖說童言無忌，可是這也……未免太過狂妄。

不過……

他們又看了看秋玨身後的裴清。

裴清一臉淡然，他的沉默代表了他的立場。

眾仙悠悠嘆了一口氣：沒辦法，人家應該狂妄，誰讓後臺強大呢？他們要是有這後臺，也不把一切放在眼裡。

「哦？」玄空尊者挑眉，「那妳能否告訴我，他要了什麼小伎倆？」

「師父！您別聽她胡說，明明是她先傷人的！」陸淳遠急了，指著秋玨不管不顧的開口辯解道。

秋玨雙手環胸，冷哼一聲：「惱羞成怒，栽贓嫁禍，卑劣無恥！」

「妳……」陸淳遠氣急敗壞的看向秋玨，可這麼多人在，他也拿她沒辦法。

「萌萌。」裴清的大手撫上了秋玨的小腦袋，寵愛的摸了摸，「適可而止。」

秋玨沉默，接下來裴清又說：「雖然這是事實。」

「……」

——你們父女倆才應該適可而止！

圍觀的人表示已經沒眼看了，他們總算知道小丫頭怎麼是那種性子了，這……這完全是隨了父親啊！好了，現在所有人都相信秋玨真的是裴清的孩子了。

「御劍大賽中，學生不得使用法咒。而玄空尊者的弟子卻出手傷人。玄空尊者……是不是應該給我一個說法？」裴清抬眸，清冷的視線落在了玄空尊者身上。

望著裴清，玄空尊者呼吸一窒。自己才剛來，能給他一個什麼說法？這下就算有理也成沒理了，何況……他們本身就沒啥理。

今天這麼多人在場，裴清將所有矛頭都指向陸淳遠。玄空尊者好面子，當下臉一熱，目光一凜，「淳遠，仙尊所說是否屬實？！」

「就算我不守規矩，可是……可是他們也帶神鳥了，這又怎麼說？」

「若不是那隻夜神鳥，我的女兒早就葬身崖底了。而你……」裴清的眸中醞釀著波濤駭浪，「更不會站在這裡和我說話。」

裴清的視線如鋒如芒，陸淳遠不由得吞嚥一口唾沫，攥緊了雙拳。

「仙尊，此事淳遠有責，我將他交給你，隨你處置。」

「那要看我們家萌萌怎麼處置他了。萌萌，妳說呢？」

她說？她想直接將這個臭小子扔到黃泉口，不過那就不好玩了。

秋玨小臉上漾開一抹淺笑，聲音乖巧：「我也不是不講理的，師兄，不如我們重新比一次。我若是輸了，這件事便就此揭過；可我若是贏了……」秋玨收起笑，「你就給我叩首道歉，再離開書院。」

——這……這也太狠了，根本不留一點餘地給我啊！

陸淳遠一記眼刀送了過去，不過想想……這對他來說是個機會，眼前這小丫頭活像個胖竹筍，能掀起什麼大風大浪？

陸淳遠想著，不由得自信起來，他點頭，「好，我和妳比。」

這下有熱鬧看了，眾仙都亢奮起來，甚至拿出玄光鏡準備做直播。裴清醫好她受傷的腳踝，確定沒什麼問題後，才放秋玨離開。

「你說……陸淳遠不會又玩陰謀吧？」躲在角落的元鳴湊到和明耳邊，小聲的嘟囔著。

和明不動聲色的將元鳴往一旁推了推，「他不敢，除非他是不想活了。」

元鳴一想覺得也是，於是放心下來。

等洛元公喊了開始後，陸淳遠與秋玨一同飛了出去。

陸淳遠生怕自己輸，所以御劍速度極快，沒一會兒就將秋玨遠遠的甩在了身後。一開始陸淳遠還怕秋玨追上來，後來轉頭一看，秋玨早就沒了影子。見此，他徹底放鬆下來。

小丫頭就是小丫頭，竟然想和他比御劍？別的不說，他的拿手項目就是御劍飛行。等這次事情解決了，他定要好好折磨折磨她！

陸淳遠甚是得意，內心膨脹到極致。

「淳遠到底是年長幾歲，這麼快就遙遙領先了。」觀戰的仙人輕聲開口道。

「淳遠雖性子頑劣，可資質不凡，這點不能不承認。」

「我看不盡然，裴清仙尊的女兒雖年幼，但資質不比淳遠差，誰輸誰贏還說不定呢。」說著，眾仙的視線都落在裴清身上。秋玨雖然落後，可裴清臉上無波無瀾，再看玄空尊者，也是一臉淡然。

眾仙見此，不再討論，專心的看著比賽。

可就在此時，一道光影忽地閃過，又快速繞過陸淳遠。望著那道殘影，所有人不禁倒吸了一口涼氣。裴清見此，脣邊含了一抹淺笑。

陸淳遠茫然的眨了眨眼睛，再看去，秋玨不知何時跑到了他前頭。陸淳遠愣怔片刻，反應過來剛忙追去，可不管怎麼追，秋玨始終與他保持著距離。

——怎麼回事？

——那個小丫頭不可能那麼快就跑到前面了啊，剛才她明明……明明還在我身後的。

——難不成……難不成她剛才是故意的？故意落在我身後？

陸淳遠呼吸不由得凌亂起來，一想到自己會輸，他便心神不寧，整個人都亂了。

秋玨的確是故意的，要是一開始就贏了，那多沒意思，不妨在陸淳遠最得意的時候將他秒殺。她最喜歡看獵物落敗後那失望、不甘的眼神了。

最後，秋玨贏了，贏得毫無懸念。

她平穩落地，將定光抱在懷間，淡然的迎著所有人驚嘆的眼神。陸淳遠蔫蔫的跟在秋玨身後，他不敢抬頭，亦不敢看自家師父的眼神。

「你輸了。」

秋玨三個字輕飄飄的晃到他耳邊，有些刺耳。

「你輸了。」

秋玨又重複一遍，意味明顯。

玄空尊者嘆了一口氣，望向陸淳遠的眼神滿是失望。

陸淳遠咬緊下唇，雙腿像是有千斤重，在眾人的視線中，他緩緩走到秋玨身邊，對著她跪下，艱難至極的磕了一個頭。

「我輸了，對於之前的事，真的對不起。」

陸淳遠說得誠懇，可他內心肯定是極其不甘願的。

「我也會退出……」

「你不用退學。」秋玨打斷他的話。

陸淳遠愣怔，不可置信的看向秋玨。

玄空尊者也滿目詫然。

秋玨垂眸看他，語氣甜膩柔軟：「知錯就好，以後你不要欺負同門的師兄弟了。」

陸淳遠攥緊雙拳，肩膀微微顫抖。

「還不快說謝謝？」玄空尊者上前在他後背拍了一巴掌，他的老臉算是在今天丟盡了。

陸淳遠咬了咬牙關，從牙縫中擠出了兩個字：「謝謝。」

秋玨一笑，拉了拉身旁裴清的衣袖，「我們回去吧。」

「好。」裴清抱起秋玨，沒再理會眾人，拂袖離去。

「真原諒他了？」裴清問。

「你猜？」

「我猜？」裴清清淺一笑，「我猜……妳是為了讓他更不好受。」

有時候，大度讓人更加難受。

陸淳遠輸了比賽本來就夠丟臉、夠難堪的，他奉守承諾，在眾目睽睽之中下了跪，結果換來對方的一句原諒。現在所有人都知道陸淳遠是一個敗家之犬，也知道秋玨小小年紀通情達理。日後，陸淳遠在育仙苑的日子怕也不是那麼好過了。

秋玨打的就是這個主意，她就是不想讓陸淳遠好過，要是讓他捲鋪蓋回家，豈不是便宜他了？

陸淳遠為人囂張自大，平日應該得罪了不少人。如今四大書院的人都知道陸淳遠做的蠢事，他失了威嚴，以往所犯的過錯、所得罪的人應該都會找上他，而他沒有辦法離開，只能硬著頭皮承受一切。

至於玄空尊者……

玄空尊者好面子，手下弟子各個都有出息，陸淳遠讓他丟了臉面，以後就算發生什麼，怕也不會傾向於他了。

陸淳遠深知此理，所以才會那麼不甘心。

「倒是有些妳母親的作風……」

頭頂傳來裴清略顯感慨的語氣，秋玨眸光微閃，未做言語。

「倒是有些妳母親的作風。」

秋玨細細思索著這句話。

她的作風是什麼樣的？卑鄙下流？無恥小人？還是不可一世，陰險狡詐？

「萌萌要去看妳的噬魂魔寶寶嗎？好久沒見了，萌萌應該會想念吧。」

秋玨瞥他一眼，「是你想見你的腓腓吧？」

被拆穿後的裴清臉上不見絲毫尷尬，「主要還是為了妳。」他牽起秋玨的手，轉身向密月林走去。

「在你眼裡，我母親是什麼樣的人？」

自己稱呼自己是母親，全天下也只有她一人了。

裴清握著她的手忽地收緊，他長睫輕顫，喉結微微滾動，半晌未做言語。

看他這樣子，是不準備回答了。

※⊙※⊙※⊙※

密月林外，草木葳蕤，豔花璀錯，耳邊傳來螢火輕輕舞動的聲響。到達入口，裴清剛想撤開結界，卻驚訝的發現腓腓正在石塊下守護著上面熟睡的噬魂魔。

噬魂魔垂落下的長長尾巴在腓腓頭頂來回晃著，睡著的腓腓動了動耳朵，不舒服的用爪子一個勁撓著。

眼前的景象實屬其樂融融，秋玨不可置信的眨了眨眼睛，再看去，噬魂魔翻了個身，腦袋耷拉下來，正好抵在腓腓腦袋上，腓腓往上蹭了蹭，二寵的尾巴交纏成了一個心形。感覺到主人氣息的兩隻獸抖了抖耳朵，張開雙眸看向了他們，隨後撒丫子跑了過來。

秋玨回神，害怕的往後退了退，不由得躲在裴清身後扯緊了他的衣袖。

裴清伸出手，輕輕撫了撫秋玨柔軟的髮，「不用怕。」

「看也看了，我們回去吧。」秋玨拉了拉他的小手指，仰頭有些懇求的看著裴清。秋玨實在不喜歡這種毛茸茸的東西，腓腓那潔白的皮毛、閃亮亮的眼睛和小肉墊，讓她不禁汗毛倒立。

裴清也捨不得嚇到自家閨女，當下點頭就要答應，可在看到秋玨那難得一見的可憐兮兮的眼神時，他突然反悔了，還生出了一個壞點子。

「萌萌想回家啊。」

「嗯。」秋玨沒覺察到裴清語氣中的意味深長，她用力點頭，「我想回去了。」

裴清勾脣一笑，緩緩彎下腰身，修長的手指點了點自己白潤如玉的臉頰，「親一下。」

秋玨驚了。

裴清竟然如此厚顏無恥？難不成……人的臉皮厚度和活的時間長久成正比？若是這樣，裴清的臉豈不是……厚到可以上九重天了！

不過……

秋玨眼珠子轉了轉，視線下落移到了他脣上。

裴清的唇生得極其好看，唇珠豐潤，嘴角微勾，甚是適合親吻。

秋玨不由得吞嚥一口唾沫，現在……正是一個機會啊！想著，秋玨嘟起嘴，踮起腳尖向他唇上親去。

然而就在此時，後面正玩耍的腓腓突然激動的跳在了秋玨身上，秋玨一個激靈，瞳孔頓時瞪大，張嘴尖叫出聲。

見嚇到了秋玨，裴清臉色一黑，丟下腓腓後，一把將秋玨抱在懷裡，輕言安撫著：「萌萌別怕，沒事哦～」

怎麼可能不怕，她都要嚇死了好嗎？

直到回到浮玉宮，秋玨依舊是一副驚魂未定的模樣。

「萌萌來，吃點東西壓壓驚。」裴清將秋玨抱上了椅子，把事先準備好的果食放在她的面前。

就在此時，門外傳來子霽的聲音：「師尊，我可以進去嗎？」

裴清皺皺眉，這弟子早不來晚不來，怎麼偏偏在他和萌萌吃飯的時間來。他心裡不爽，當下說：「不可以。」

門外的子霽沉默一會兒，又說：「很重要的事。」

「進來吧。」

子霽推門而入，裴清淡淡看他一眼，那眼神中帶有些許怨念，「子霽，你找我何事？」

子霽看了秋玨一眼，沒有回答。

「不礙事，說罷。」

既然裴清這樣開口了，子霽也不再囉嗦，直入主題。

「魔女秋玨出現在平京一帶，並且屠殺了整個平京鎮的人。現在又有人看到秋玨出現在南平都，不少門派的人前去捉拿，奈何不是她的對手。所以……」

「這是什麼時候的事？」

「昨日午時。」

裴清沉了沉雙眸，「好，我們明日出發，前往南平都。」

「是，那子霽先去準備了。」

裴清點頭。

子霽離開後，室內重新恢復了寂靜。

耳聽全程的秋玨表示有些懵，她變小之後，對於魔界的一切都不得而知，雖然知道魔界會亂套，但也想不到會有人大膽到假扮她，並且殘害人間……

秋玨雖然不是什麼好人，但也深知百姓無辜，所以從來不做一些危害凡塵的事，手下和魔界眾人更沒誰有那麼大的膽子破壞規矩。

秋玨緊緊捏著手上的小蘋果，她只不過是不在一陣子，竟然就有人違反魔界律法？這是活膩了？

秋玨眸中浮現出一抹殺氣。最好別讓她發現是誰，不然……

「明日我要離開，萌萌先和子玥他們一起，可好？」

「不好。」秋玨回神，「我也要和你一起去。」

「不行，此次危險。萌萌還太小，我只是去一會兒，不會很長時間的。」

「那也不行！」秋玨跳下椅子，小心的將椅子往裴清身邊推了推，緊接著手腳並用爬上椅子，又蹭到了他懷裡。

裴清趕忙將她抱緊，生怕秋玨一不留神掉下去。

「我要和裴清一起去。」

她的聲音軟軟的，圓而亮的眸中寫滿固執和期待。望著這雙眼睛，裴清一陣恍惚，在這瞬間，他想到了那個人。

當她祈求他時，她也是這樣，蹭到他懷裡，滿是堅定的望著他。她的眼睛好看，眼神如瑤池水乾淨，瞳仁極黑，看著他時，會倒映出他的臉頰。曾經，被她那樣看著，也是一種幸福，而他無法拒絕她的所有要求，待他答應，她會開心的……親吻他的脣角。

「我不怕危險，你帶我去吧。」

裴清喉結微微滾動，手指捏了捏秋玨圓乎乎的小臉，最終敗下陣來，說道：「那妳要聽我的話。」

看樣子是答應了。

秋玨展顏一笑，湊上去在他下巴上親了一口，「你真好。」

待親完，二人都愣了。

秋玨半晌回神，內心已癲狂起來：啊啊啊啊啊啊，我怎麼沒親他的嘴啊！這麼好的機會竟然錯過了！果然「傻」是會傳染的，和裴清待久了，就連我的腦袋都不太精明了！

裴清沒有看出秋玨那一臉複雜糾結的神色，他只是伸手摸了摸被親吻過的下巴，神色意味不明。

秋玨閉了閉眼，平復一下心情。明天就能下山，藉此機會也能瞭解一下魔界的狀況，若是可以，她剛好趁機離開，脫離裴清控制。

《這個魔頭有點萌01》完

敬請期待《這個魔頭有點萌02》精采完結篇！

ENCOUNTER MY MOZU PRINCE
與魔族王子
一起戀愛吧~★
NOVEL 辰冰 X ILLUST 凌夏
01-03集，全國各大書店、租書店、網路書店現正熱賣中
魔族間諜
三大學院聯合競賽，題目
COSPLAY角色扮演？
任務目標 牽手、告白、接吻！
傲嬌又敏感的魔族小王子
青春期快滿！？
典藏閣
華文聯合出版平台 www.book4u.com.tw
采舍國際 www.silkbook.com
不思議工作室_
立即搜尋
版權所有© Copyright

回春冤家
卷三 完
舊愛新歡只有你
全套三冊，全國各大書店、租書店、網路書店現正熱賣中！
Q：請問老天鵝，
夫妻相敬如冰三十幾年，
這段感情還有救嗎？
A：天雷劈下，請重新選擇！
夫妻倆重回青春十六歲……啥？想再續孽緣？太上皇你作夢！！
典藏閣
華文聯合出版平台
www.book4u.com.tw
采舍國際
www.silkbook.com
不思議工作室_
立即搜尋
版權所有© Copyright 2017

잘먹겠습니다
極品の黑暗料理女神
Ultimate Darkness food
天川 x 蒼和
Welcome to Capriccio
いただ
ould you like something to eat?
當美食系統貓遇上黑暗料理宿主，
當陽光蠢萌犬男面對極品冰山美人，
一汪一喵之 料理女神爭奪戰
——Game Start!!!
典藏閣
華文聯合出版平台
www.book4u.com.tw
采舍國際
www.silkbook.com
不思議工作室
立即搜尋
版權所有© Copyright 2

飛小說系列177

這個魔頭有點萌 01

出版者■典藏閣
作　者■錦橙　繪　者■水々
企劃編輯■夏荷芠　美術設計■Aloya
總編輯■歐綾纖
製作團隊■不思議工作室
郵撥帳號■50017206 采舍國際有限公司（郵撥購買，請另付一成郵資）
台灣出版中心■新北市中和區中山路2段366巷10號10樓
電　話■(02)2248-7896　傳　真■(02)2248-7758
物流中心■新北市中和區中山路2段366巷10號3樓
電　話■(02)8245-8786　傳　真■(02)8245-8718
ISBN■978-986-271-827-8
出版日期■2018年6月

全球華文國際市場總代理／采舍國際
地　址■新北市中和區中山路2段366巷10號3樓
電　話■(02)8245-8786　傳　真■(02)8245-8718

新絲路網路書店
地　址■新北市中和區中山路2段366巷10號10樓
網　址■www.silkbook.com
電　話■(02)8245-9896
傳　真■(02)8245-8819

線上總代理：全球華文聯合出版平台
主題討論區：http://www.silkbook.com/bookclub ◎新絲路讀書會
紙本書平台：http://www.silkbook.com ◎新絲路網路書店
瀏覽電子書：http://www.book4u.com.tw ◎華文電子書中心
電子書下載：http://www.book4u.com.tw ◎電子書中心（Acrobat Reader）

☞您在什麼地方購買本書？☜

1. 便利商店（________市／縣）：☐7-11　☐全家　☐萊爾富　☐其他__________

2. 網路書店：☐新絲路　☐博客來　☐金石堂　☐其他__________

3. 書店（________市／縣）：☐金石堂　☐蛙蛙書店　☐安利美特animate　☐其他_____

姓名：__________地址：______________________________

聯絡電話：______________　電子郵箱：____________________

您的性別：☐男　☐女　　您的生日：西元________年________月________日

（請務必填妥基本資料，以利贈品寄送）

您的職業：☐上班族　☐學生　☐服務業　☐軍警公教　☐資訊業　☐娛樂相關產業
☐自由業　☐其他__________

您的學歷：☐高中（含高中以下）　☐專科、大學　☐研究所以上

☞購買前☜

您從何處得知本書：☐逛書店　☐網路廣告（網站：____________）　☐親友介紹
（可複選）　☐出版書訊　☐銷售人員推薦　☐其他______________

本書吸引您的原因：☐書名很好　☐封面精美　☐書腰文字　☐封底文字　☐欣賞作家
（可複選）　☐喜歡畫家　☐價格合理　☐題材有趣　☐廣告印象深刻
☐其他______________

☞購買後☜

您滿意的部份：☐書名　☐封面　☐故事內容　☐版面編排　☐價格　☐贈品
（可複選）　☐其他

不滿意的部份：☐書名　☐封面　☐故事內容　☐版面編排　☐價格　☐贈品
（可複選）　☐其他

您對本書以及典藏閣的建議______________________________

____

____

✌未來您是否願意收到相關書訊？☐是　☐否

✎感謝您寶貴的意見✎

印刷品

$3.5
請貼
3.5元
郵票
不思議信局
FUSIGI POST

235 新北市中和區中山路二段366巷10號10樓

華文網出版集團　收

（典藏閣－不思議工作室）